별을 쫓는 아이

Children who chase lost voices from deep below

별을 쫓는 아이

신카이 마코토 원작
아키사카 아사히 지음
박재영 옮김

Children who chase
lost voices
from deep below

목
차

제
1
화

Children who chase
lost voices
from deep below

미조노후치라는 마을에 있는 초등학교의 이름은 마을 이름을 그대로 딴 '미조노후치 초등학교'이다.

원래 미조노후치는 오지라고 해야 할 정도로 시골 산골짜기에 자리하는 작디작은 마을이다. 초등학교가 하나만 있어도 충분하기 때문에 그에 딱 걸맞은 이름일지도 모른다.

목조 교사는 2차 세계대전 전에 지었다고 하는데, 운치가 있긴 하지만 심하게 낡아서, 낮에도 유령이 나올 것만 같았다. 이러니 와타세 아스나가 좋아할 리가 없다.

―무서운 걸 어떡해.

창문에 비치는 자신의 얼굴도 유령으로 보일 정도다.

귀여운 큰 눈동자와 오뚝한 코, 조그마한 입술, 또 얼굴에 잘 어울리는 단발머리가 이리도 사랑스러운데.

아스나 본인이 이런 생각을 한 것은 지금 6학년 교실 안에서 절찬리에 개최 중인 '공개 처형'으로부터 주의를 돌리기 위해서였다.

'공개 처형'…… 이것의 또 다른 이름은 '답안지 돌려주기'라고 한다. 특별히 보기 드문 광경은 아니다. 기말고사 답안지를 점수 발표와 함께 학생에게 돌려주는 것뿐이다.

그렇긴 하지만……. 아스나는 이런 식으로 답안지를 돌려주는 것을 별로 좋아하지 않았다.

의외라고 생각할지 모른다.

하지만 공부를 못하는 사람에게 그 사람만의 이유가 있듯이 공부를 잘하는 사람에게도 그 사람 나름의 이유가 있다. 아스나의 경우 수업을 성실하게 들으면 쉽게 100점을 맞을 수 있는 정도의 시험이라고 해도, 평범하게 공부해서 20, 30점을 받는 학생도 분명 있다. 그들의 입장에서는 매번 시험에서 '1등'을 차지하는 아스나가 질투의 대상이 되기에 충분했다.

"와타세 아스나."

담임인 이케다 선생님이 소리 내어 이름을 읽었다. 아스나는 교단을 향해 삐걱거리는 마룻바닥 위를 걸어갔다. 선생님은 말을 계속 이어 나갔다.

"이번에도 아스나가 반에서 1등이에요. 잘했어."

"……고맙습니다."

또 쓸데없는 말을 한다.

마음속으론 그렇게 생각하지만 빈말로 작게 인사한다. 아니나 다를까 답안지를 받아서 자리로 돌아오는 도중에 소곤거리는 소리가 들렸다.

"또 아스나가 1등이야?"

"역시 반장이야. 공부벌레잖아."

"맞아, 맞아."

―그렇지 않은데.

아스나는 그렇게 생각했지만 생각만 할 뿐 말하지는 못했다. 차라리 다음 시험에서는 일부러 안 좋은 점수를 받을까?

―그럴 순 없지만.

입안에서만 한숨을 쉬며 아스나는 자신의 자리로 돌아갔다. 그 후로도 한동안 답안지 돌려주기가 이어졌다.

"그럼 마지막으로 주의사항을 전달하겠어요."

답안지를 다 돌려준 선생님이 교탁에 양손을 짚으며 말했다.

"최근 들어 몇몇 학생들이 오부치 부근에서 곰으로 보이는 동물을 목격했다고 해요. 혹시 모르니 집으로 곧장 돌아가도록 하세요."

멍하니 답안지를 바라보던 아스나는 그 말에 문득 고개를 들었다.

―……곰?

아스나가 좋아하는 고원은 오부치의 산 중턱에 있었다.

마을 전체를 내려다볼 수 있는 그곳에서 광석 라디오를 들으며 시간을 보내는 일이 평소 아스나의 '방과 후 일과'였다.

초등학교 6학년의 방과 후 일과로는 조금 쓸쓸하다고 생각할 수 있다.

아니, 아스나도 사실은 남들처럼 친구를 원했다.

방과 후에 친구와 함께 노는 것을 간절히 원했다.

하지만…… 친구라는 존재에게 어떻게 다가가야 할지 몰랐다.

그래서 오부치의 고원은 아스나에게 '남에게 신경을 쓰지 않아도 된다'라는 의미에서 매우 편안한 장소였다.

몇 가지 주의사항을 전달한 후 인사를 하고 '특별학습'이 끝났다.

―빨리 집에 돌아가야지.

그렇게 생각하며 신발장이 있는 곳까지 갔을 때 뒤에서 누가 불렀다.

"아스나."

돌아보니 같은 반의 야자키 유우가 서 있었다.

아스나의 얼굴을 보고 유우는 생긋 웃었다.

"집에 같이 가자."

내심 엄청 기뻤다.

너무 기뻤지만……, 아스나는 어떻게 반응해야 할지 몰랐다.

"아…… 그게."

뭐라고 해야 좋을지 몰랐다.

도대체 집에 같이 간다고 해도 가는 도중에 무슨 이야기를 하면 좋을까? 이 일로 서먹해져서 사이가 멀어질 정도라면 차라리 지금 이 거리를 유지하는 편이 낫다.

순간적으로 그렇게 생각하고 아스나는 대답했다.

"미안해. 좀 서둘러 가야 하거든. 다음에 같이 가자."

"그렇구나. 그럼 잘 가."

조금 아쉬운 듯이 손을 흔드는 유우에게 손을 흔들어 주며 아스나는 생각했다.

—아, 또 저질렀다.

이러니 친구가 안 생기는 것은 잘 알고 있다. 이유를 아니까 어떻게든 할 수 있었다면 이렇게 고생하지는 않았을 것이다.

후회하는 마음과 함께 신발을 갈아 신고 승강구에서 밖으로 나왔다.

눈앞에 시골 마을의 풍경이 펼쳐졌다.

3층이 넘는 건물이 하나도 없고 수많은 논밭이 펼쳐져 있으며 비포장도로가 이쪽저쪽 이어져 있다. 멀리 보이는 것은 나무들로 뒤덮인 산뿐이며 곳곳에 서 있는 철탑이 눈에 띈다.

주택가의 자갈길을 걸으며 건널목과 단골 쌀집 앞을 통과해서 돌담이 있는 언덕길을 올라가 집으로 향했다.

아스나의 집은 미조노후치 마을의 표준이라 할 만한, 일본식으로 지어진 이층집이다. 햇빛을 반사하는 기와지붕, 오래되어 거무스름해진 흰색 벽. 대문이 없고 넓은 앞마당에서 바로 목제 현관문으로 통하는 것은 시골만의 대범함이라고나할까?

그 현관 옆 차고에 흰색 자동차가 주차되어 있는 것을 발견한 아스나는 작게 기뻐했다.

─엄마가 집에 있어!

아스나에게는 매우 기쁜 일이었다.

"다녀왔습니다!"

현관문을 열고 집안을 향해 소리를 질렀다.

"아스나, 어서 오렴."

엄마의 목소리가 들렸다.

아스나는 신난 듯이 신발을 벗고 거실로 향했다. 잠옷 차림의 엄마가 침실에서 나오는 참이었다. 아스나는 서둘러 가방에서 시험 답안지를 꺼내며 말했다.

"엄마, 나 오늘 있잖아."

"아아…… 아스나. 미안한데 나중에 얘기해 줄래? 오늘 야간근무 때까지 조금이라도 잠을 자고 싶구나."

엄마의 목소리에 피로한 기색이 역력했다.

평소에는 거의 빈틈없는 모습만 보여주는 아스나의 엄마는 진료소의 간호사로 일하고 있는데, 어제도 야간 근무를 했다. 그런 엄마가 피로한 기색을 드러낼 정도로 수면 부족인 것을 생각하니 시험 결과의 일희일비 따위를 보고할 마음이 사그라들었다.

"그렇구나…… 푹 쉬어요, 엄마."

"미안, 아스나."

"아니, 괜찮아요."

아스나는 오히려 고마워해야 한다고 생각했다. 자고 있었는데 아스나가 집에 돌아왔다고 일부러 일어났으니까.

아스나는 발길을 되돌려 다시 현관으로 향했다.

"잠깐 나갔다 올게. 엄마, 힘내세요."

"고마워, 잘 다녀오렴."

밖으로 뛰어나갔다.

돌담 언덕길을 내려가 안면이 있는 할머니에게 인사하며 지나쳐서 아무도 안 보는 것을 확인한 뒤 평소처럼 건널목에서 선로로 침입했다.

목적지는 오부치산.

아스나가 좋아하는 고원이었다.

아스나가 좋아하는 고원에 가려면 골짜기를 건너는 철교를 지나야 한다.

단선 기차가 지나가는 다리는 결코 넓지 않지만 아래쪽 강의 수면까지는 족히 10미터 이상은 됐다. 그래도 그것을 무섭다고 느낀 적은 없었다. 기차는 몇 시간에 한 번밖에 지나가지 않지만 그래도 혹시 몰라서 선로에 귀를 대보는 것도 잊지 않았고, 또 다리가 훌륭한 철제로 만들어졌기 때문이다.

평소처럼 아스나가 철교 위를 달려서 빠져나가려고 할 때였다.

아스나는 이변을 알아차리고 발을 멈췄다.

결과적으로 말하자면 아스나가 알아차리는 것이 너무 늦었지만…….

새나 곤충이 전혀 울지 않았다.

계절은 여름.

온갖 들새와 매미 등이 요란할 정도로 우는 게 보통인데.

아스나는 그렇게 생각하다 겨우 '그것'을 알아차렸다.

어느 그늘에 숨어 있었는지 '그것'과의 거리는 10미터도 채 되지 않았다.

아스나는 다리가 얼어붙어서 움직일 수 없었다.

─이게 뭐지?

　철교 위에 이제껏 본 적도 없는 갈색의 생물이 있었다.

　일단 커도 너무 컸다.

　─도망쳐야 해.

　본능적인 공포가 도망치라고 알렸지만 몸이 말을 듣지 않았다.

　그런 주제에 머릿속 한구석에 묘하게 냉정한 부분이 남아 있어서 일단 그 생물을 곰 같다고 생각했다. 하지만 그것은 텔레비전에서 본 곰보다 훨씬 더 크고 등에 이상한 돌기가 잔뜩 나 있었으며 일어설 때 보인 배에는 기하학적인 무늬가 연한 파란색과 녹색으로 그려져 있었다.

　괴물이라고 생각했다.

　그렇게 생각하는 동안 괴물은 순식간에 아스나의 눈앞까지 다가왔다. 얼굴과 얼굴이 들러붙을 정도로 접근해서 콧김으로 아스나의 머리카락을 흔들었다. 괴물은 오른팔을 치켜들고 대수롭지 않게 아스나를 노리며 내리쳤다.

　그때 자신이 무슨 생각을 했는지 아스나도 몰랐다.

　이제 끝이라고 생각했을까? 죽는다고 생각했을까? 아니면 살해당한다고 생각했을까?

　어느 쪽이든 큰 차이는 없었지만…….

　그러다 바람을 느꼈다.

정신을 차려 보니 아스나는 한 소년에게 안겨 있었다. 괴물의 공격이 닿지 않는 10미터 정도 떨어진 거리였다. 아무래도 자신을 살려 준…… 모양이다.

소년은 아스나를 천천히 지면에 내려 주더니 등으로 아스나를 감싸며 얼굴만 돌려서 더할 나위 없이 다정한 미소를 보여 줬다.

"괜찮아."

아이를 타이르는 듯한 말투였다.

머리가 길어서 자칫하면 소녀로 착각할 것 같은 아름다운 소년이었다. 나이는 아스나와 비슷하거나 조금 위일까?

가슴이 두근거리는 것을 느꼈다.

—우와, 멋있어.

이런 사태인데 그런 생각을 하는 자신이 묘하게 이상했다.

소년은 괴물과 대치하자 곧바로 단정한 얼굴을 진지한 얼굴로 바꾸고 흰색 셔츠의 가슴 부분에서 뭔가를 꺼냈다.

햇빛을 반사해서 파랗게 빛나는 그것은 마치 수정과 같은 펜던트였다.

소년은 펜던트를 흔들며 조용히 괴물에게 다가갔다. 괴물이 짐승 같은 신음 소리를 내며 시선으로 그것을 쫓았고…… 그 목구멍 안쪽에서 고깃덩이 같은 것이 퍽 하는 소리를 내며 땅에 떨어졌다.

아스나는 징그러운 고깃덩이에서 눈을 피할 수도 없었다.

"수명이야."

괴물과 마주한 소년의 목소리는 아스나를 향한 것일까, 아니면 다른 상대였을까?

"지상에 남은 자의 말로가…… 이건가?"

소년은 무슨 말을 하는 것일까?

순간 괴물이 휘두른 오른손을 소년은 크게 도약하며 피했다. 긴 머리카락이 바람에 휘날리고 착지와 동시에 번쩍인 발차기가 괴물의 다리를 갈라서 새빨간 피가 사방으로 튀었다. 괴물이 괴로운 듯 비명을 질렀다.

그때 소년의 슬퍼 보이는 눈동자의 의미를 아스나는 아직 몰랐다.

그러나…… 라고 해야 할까, 그래서라고 해야 할까?

아스나는 소리를 질렀다.

"그만해! 죽이지 마!"

동물 애호의 정신이라는 그럴싸한 것이 아니었다. 그저 아스나는 소년이 괴물을 죽이는 것을 바라지 않는다고 생각했을 뿐이다.

하지만 괴물은 소년이 아스나의 말에 정신이 팔린 순간을 놓치지 않았다.

또다시 괴물은 베인 오른팔로 소년을 붙잡아 가볍게 날려

버렸다. 소년의 몸이 다리 난간에 내팽개쳐지고 쿨럭, 하고 괴로운 듯한 숨소리가 새어 나왔다. 소년은 곧바로 일어나려고 했지만 일어나지 못하고 괴물의 손톱이 소년을 무참하게 갈랐다……고 아스나는 생각했다.

하지만 다음 순간.

"아악!"

소년의 펜던트가 강렬한 빛을 내뿜자 괴물은 그것에 기가 죽어 움직임을 멈췄다.

소년은 그 빛을 가두려고 하는 듯 왼손으로(오른손은 좀 전의 일격으로 부상을 입어 축 늘어져 있었다) 펜던트를 누르려고 했지만 빛이 흘러넘쳐 버렸다.

"안 돼!"

소년이 외친 것과 거의 동시에 소리도 없이.

괴물의 턱 부분이 빛에 깎인 것처럼 사라졌다.

얼굴을 잃은 그 거대한 몸뚱이가 천천히 선로 위에 벌렁 자빠졌다.

뭐가 뭔지 몰랐다.

아스나는 입을 떡 벌린 채 그곳에 우두커니 서 있었다.

"……."

소년은 아랫입술을 깨물며 일어나 괴물의 사체에 작게 고개를 숙였다.

그때 기적이 들렸다.

달려온 기차가 선로 위의 이물을 눈치채고 당황해서 브레이크를 걸었다. 천천히 정차하는 기차에는 시선도 주지 않고 소년은 아스나 곁에 다가와서 말했다.

"이걸로 마지막이야."

다시 아스나의 몸을 안아 올렸다. 아스나는 불과 몇 분 사이에 일어난 수많은 일로 머릿속이 복잡해졌고, 소년에게 안긴 것이 그저 부끄러워 겨우 말했다.

"저, 저기, 잠깐."

그런 아스나에게 소년은 다시 한번 다정한 미소를 띠며 "나를 믿어."라고 하자마자 철교 위에서 뛰어내렸다.

눈 아래의 숲까지 수십 미터는 족히 될 텐데.

—아아아악!?

낙하하면서 극심한 공포를 느낀 나머지 정신을 잃었고······.

아스나의 의식은 거기서 끊어졌다.

제
2
화

Children who chase
lost voices
from deep below

─음…….

주변이 어두웠다.

자신이 누워 있다는 것을 깨닫는 데 몇 초가 걸렸다.

시야에 들어오는 건 하늘. 별이 반짝였다.

─어머나, 나…….

기억 속을 더듬었다.

좋아하는 고원으로 가는 도중 철교에서 괴물과 맞닥뜨렸는데 소년이 구해 줬다.

그런 황당무계한 기억이 남아 있었다.

─꿈……이었나?

그렇게 생각할 때였다.

"정신이 들었어?"

소년이 말을 걸었고, 아스나는 당황해서 몸을 일으켰다.

아스나가 누워 있던 곳은 오부치산의 아스나가 좋아하는 고원 위였다. 조금 전 기억 속에 있던 장발의 소년이 바위에 걸터앉아 자신을 돌아보며 다정한 미소를 보여 줬다.

—꿈······이 아니었어?

"이제 위험하지 않으니까 안심하고 집에 돌아가."

아스나가 눈뜨기를 기다렸는지 소년은 일어나 걷기 시작하며 말했다.

듣는 것만으로 마음이 충분한 안식을 얻는 듯한 친절한 목소리였다.

"저기, 있잖아."

아스나는 옆을 지나가는 소년에게 일단 무슨 말이라도 해야 한다고 생각했다.

"나를 구해 준 거지? 고마워!"

그러자 소년은 멈춰 서서 다시 한번 아스나를 돌아봤다.

"이 산에는 안 오는 게 좋을 거야."

이 말을 남기고 소년은 숲속으로 사라졌다.

—······그게 무슨 소리일까?

아스나가 그 말의 내용을 이해하는 동안 소년은 숲속으로 점점 사라져 갔다······. 그 소년의 뒤를 길고양이 한 마리가 쫄랑쫄랑 따라갔다.

"미미!"

아스나가 어릴 때부터 쭉 함께 자라 온 고양이였다. 평소에는 아스나가 부르면 곧장 달려왔을 미미가 오늘만큼은 아스나의 말을 무시하고 소년을 따라 숲속으로 걸어 들어갔다.

"……."

아스나는 소년과 미미에게 말을 걸려고 했지만……. 무슨 말을 해야 할지 몰라서 그냥 뒷모습을 바라볼 수밖에 없었다.

/////

다음날.

철교 아래 강 주변의 바위가 많은 곳에 슈트를 입은 남자들이 찾아왔다. 남자들은 바위 사이를 한동안 서성이며 뭔가를 찾았는데…… 곧.

"중령님, 찾았습니다!"

한 남자가 손으로 가리킨 끝에 있던 것.

그것은…….

그 곰처럼 생긴 괴물의 사체였다.

'중령'이라고 불린 선글라스를 낀 남성이 괴물의 사체에 다가갔다.

"이건……."

그 사체를 바라보며 '중령'이 깜짝 놀라 목소리를 높였다. 그도 그럴 것이다……. 괴물의 사체 곳곳에서 식물이 싹텄다. 게다가 이 계절에는 자라지 않을 식물이 말이다.

"새로 자란 어린 나무다…… 게다가."

그 자리에 쭈그리고 앉았다.

괴물의 사체 일부가 투명한 수정처럼 변했다.

"결정화했군. ……분명 누군가가 지상에 와 있을 거다."

중얼거리며 '중령'은 뒤돌아봤다.

"수색해!"

그 말에 따라 슈트를 입은 남자들이 뿔뿔이 흩어져 움직이기 시작했다.

/////

장발 소년이 오부치의 고원에서 하늘을 올려다봤다.

그 옆에는 미미가 배를 바닥에 깔고 웅크려 잠들어 있었다.

"선생님……."

소년이 혼자서 중얼거렸을 때 미미가 갑자기 고개를 들었다.

뭔가를 눈치채고 소년은 조금 난처하면서도 기쁜 듯한 미소를 띠었다.

"역시 왔구나…… 충고까지 해 줬는데."

그 말을 알아들은 것일까? 미미가 야옹 하고 울었다.

소년은 미미의 머리를 쓰다듬으며 말했다.

"맞아. 실은 나도 그러기를 바랐어."

소년이 주시한 곳에서 모습을 드러낸 것은……

아스나였다.

소년은 미소를 지으며 말을 걸었다.

"오지 말라고 했잖아."

"하지만……"

아스나는 나오려는 말을 꾹 참았다.

─아, 정말. 왜 이렇게 나는 말을 못하는 걸까?

정말로 내 자신이 싫어진다……라고 생각하던 찰나 아스나는 소년의 옆에 미미가 있는 것을 발견했다.

"미미."

미미를 부르자 아스나의 곁으로 달려와서 다리에 얼굴을 가까이 갖다 댔다.

"뭐야, 지금까지는 나만 따랐으면서."

미미의 머리를 쓰다듬었더니 조금 긴장이 풀렸는지 소년에게 해야 할 말이 머릿속에 떠오른 기분이 들었다.

"……여기는 원래 나만의 장소였어. 다른 사람이 오지 말라는 말은 듣고 싶지 않아."

아스나는 소년을 비난할 생각이 없었다. 그러나 결과적으로 어제 소년이 한 말을 질책한 것임을 깨닫지 못했다.

소년은 그런 아스나의 말을 듣고도 기분이 상한 기색이 없었다.

그저 다정하게 미소 지으며 대답했다.

"……나랑 똑같구나."

"뭐?"

―똑같다고? 나랑?

어리둥절해하는 아스나에게 말했다.

"나도 내가 오고 싶어서 온 거야."

소년은 천천히 일어섰다.

역시 무슨 말을 하는지 알 수 없었다.

자신의 말을 요약해서 지금 소년이 한 말과 대조해 봤다.

내가 한 말은 '나는 네가 말렸지만 내가 오고 싶다는 이유로 여기에 온 거야'라는 뜻이다……. 이 사람도 누군가가 말렸는데 그래도 자신이 오고 싶어서 여기에 왔다는 말일까?

―……대체 누가 무엇 때문에 말렸을까?

의아스러운 표정을 한 아스나를 보고 소년은 쾌활하게, 그리고 친절하게 웃었다.

"내 이름은 슌이야. 반가워."

이 사람은 정말로 잘 웃는 사람이고…… 또 그게 잘 어울린다고 생각했다.

솔직히 말해서 조금 잘생겼다.

거기까지 생각한 후, 소년이 자기소개를 했다는 것에 생각이 미쳤다.

자기소개라면 괜찮다. 나도 똑같이만 하면 된다.

"난 아스나야."

그런데 그만 무뚝뚝하게 말하고 말았다.

─도대체 '나는 아스나야'가 뭐야. 성도 말하지 않고, 나란 애는…… 하고 생각했지만 이 슌이라는 사람도 성은 말하지 않았으니까 문제없겠지?

아스나는 이리저리 생각하며 어떻게든 만회하려고 했다. 슌을 다시 한번 바라보며 이런 경우에는, 잘생긴 사람은 잘생겼다는 말에 익숙하니까 그거 말고, 복장 등의 센스를 칭찬하면 됐을 텐데. 순정 만화에서 본 기억을 끄집어내다가 문득 깨달았다.

슌의 셔츠 오른쪽 팔 위쪽에 피가 번진 것을.

"피가 나잖아!"

자기도 모르게 말한 것은 간호사인 엄마의 영향일까? 어릴 때부터 이런 일에는 예민하게 대처해 온 아스나는 그를 내버려둘 수 없었다.

"혹시 어제?"

아스나는 말했지만 슌은 변함없이 미소를 띤 채 말했다.

"아, 괜찮아."

"괜찮다니, 아무런 치료도 안 한 것 같은데. 실은 소독하고 싶은데 소독약이 여기에 없어…… 아아, 정말. 일단 거기 앉아!"

"……으, 응."

아스나의 기세에 압도 당해 슌은 바위에 다시 앉았다. 아스나는 조금 생각하고…… 달리 이렇다 할 것이 보이지 않았기에 자신의 스카프를 슌의 팔에 칭칭 둘러 감았다. 꽉 묶으면 적어도 지혈은 될 것이다.

"나중에 병원에 꼭 가 봐."

"……."

슌은 잠시 그 스카프를 바라봤지만, 갑자기 "너만의 장소구나?"라고 말했다.

아스나는 잠시 생각한 후, 좀 전에 했던 이야기라는 것을 눈치챘다. 이 오부치의 고원이 '나만의 장소'라고 우긴 것은 다른 누구도 아닌 자신이다.

"맞아. 라디오가 가장 잘 잡혀."

아스나는 고개를 끄덕이며 자랑스럽게 말했다. 슌은 놀란 표정을 지었다.

"라디오?"

설마 라디오를 모르는 것도 아닐 텐데.

백문이 불여일견이라는 말이 이 경우에는 조금 안 어울린다 싶었지만, 아스나는 자신의 보물을 자랑하고 싶은 마음이 살짝 들었다.

　"들어 볼래?"

　그렇게 물어보니 슌이 고개를 끄덕였다.

　아스나는 곧장 바위 사이에 손을 쑥 넣어서 숨겨 놨던 쿠키 깡통을 꺼냈다. 하지만 이것은 단순한 쿠키 깡통이 아니었다. 속에는 안테나와 동조 회로, 검파 회로, 리시버가 있었다.

　이 깡통 자체가 아스나의 어린 시절부터의 보물, 광석 라디오였다.

　"이 광석이 다이오드 대신이야."

　그렇게 말하고 아스나는 가슴 부분의 주머니에서 꺼낸 파란 돌을 깡통 속에 끼워 넣었다.

　광석 라디오와 함께 아빠의 유품이 된 돌이었다. 아스나가 아빠에게 받은 것이라고 하면…… 물품이라는 의미에서 이 두 가지뿐이다.

　"시간과 날씨에 따라 수신 상태가 달라."

　"……!"

　슌의 표정이 한순간 바뀐 것을 아스나는 눈치채지 못했다.

　슌은 돌을 가리켰다.

　"그 돌은……."

"잡혔다!"

라디오가 전파를 잘 수신했는지 아스나가 기뻐하며 목소리를 높였기에 슌의 말은 거기서 끊어졌다.

아스나는 한쪽 이어폰을 슌에게 건네고 둘이 함께 라디오를 들으며 "음악 방송이야"라고 말했다. 슌은 대답하지 않았다.

"……."

슌은 그 음악에 귀를 기울이며 생각했다.

—크라비스다…….

틀림없었다.

—……난 운이 정말 좋구나.

슌은 그때 자신의 일생 전부에 관해서 이런저런 생각을 했다. 지상을 동경해서 제멋대로 굴며 선생님의 뒤를 쫓아왔다.

—지상에 오는 일이 이른 죽음을 부른다는 사실을 알고 있어도.

그런 슌의 생각은 모른 채 아스나는 하늘을 올려다보는 슌에게 가방에서 꺼낸 샌드위치를 내밀었다.

"먹을래?"

아스나가 직접 만든 샌드위치였다. 베이컨과 양상추, 토마토만 넣은 간단한 샌드위치여도 그것만으로 충분히 맛있다고 자신했다.

"……고마워. 배가 고팠거든."

아스나 자신도 샌드위치를 한 입 베어 먹으며 말했다.

"예전에 말이야."

자신을 다정하게 바라보는 슌에게 아무한테도 말한 적이 없는 소중한 이야기를 했다.

왜 그런 기분이 들었을까?

잘 모르겠지만 슌에게는 말해도 될 것 같았다.

"한 번은 신비한 노래가 나온 적이 있어. 이제껏 한 번도 들어본 적이 없는 신비한 노래였어. 누군가의 마음이 그대로 소리가 된 것 같다고나 할까?"

슌은 그것이 자신의 '노래'라는 것을 직감적으로 알 수 있었다.

"그 노래를 들었을 때 슬프면서도 행복해져서 난 외톨이가 아니라고 느꼈어."

설마 '노래'를 들어준 사람이 '선생님'의 딸이라니……

이 무슨 운명의 장난이란 말인가?

"줄곧 마음속에서 사라지지 않았어. ……난 다시 한번 그 노래를 듣고 싶어."

"……."

슌이 아무 말도 하지 않았기에 아스나는 갑자기 불안해졌다. 자신이 또 쓸데없는 말을 한 걸까? 처음 보는 상대인데 왜 이렇게 이런저런 이야기를 술술 한 걸까? 잘생긴 상대라서 흥분했을지도 모른다. 어떻게든 수습해야 하는데 무슨 말을 해야 할지 떠오르지 않았다.

아스나는 겁내면서 말을 걸었다.

"……슌?"

슌은 차마 말이 나오지 않았다.

—아아…….

미미가 여름 벌레에 달라붙어 장난치는 모습을 보며 슌의 마음에 오간 생각.

—이젠 더 바랄 게 없어.

아주 서서히 해가 저물기 시작했다.

서쪽 하늘에 아직 사라지지 않은 오렌지색 노을을 바라보며 슌은 미소를 지었다.

"……넌 나한테 아무것도 물어보지 않는구나."

당돌한 말이었다. 아스나는 반사적으로 "뭐?"라고 물었다.

슌은 미소를 머금은 채 말했다.

"궁금한 게 많을 텐데."

궁금한 것.

그래, 생각해 보니 슌에게 묻고 싶은 것이 산더미 같았다. 어제 일어난 일에 대해 모조리 듣고 싶어서 일단 확인의 의미를 담아서 물었다.

"……그 곰처럼 생긴 동물 같은 거?"

"그래."

"음……, 하지만 지금은 됐어. 궁금한 게 너무 많아서 엄청 오래 걸릴 것 같아."

진심이었다. 그렇지만 이때 아스나의 마음속에 이렇게 하면 내일도 만날 구실이 생길지 모른다는 생각이 있었던 것을 부정할 수 없다.

"내일 여기로 다시 올게."

그때 묻고 싶은 것을 물어보면 된다.

아스나는 그렇게 생각했지만 슌은 아무 말도 하지 않고 등을 땅 위에 천천히 기댔다.

그런 다음 중얼거리듯이 말했다.

"난 멀리 아가르타라는 곳에서 왔어."

들어본 적이 없는 말이었다.

아가르타?

"……외국이야?"

물어보고 난 후 바보 같은 질문을 했다고 생각했다. 아무리 생각해 봐도 일본의 지명이라고는 생각할 수 없었다.

그러나 슌은 아스나의 질문에 대답하지 않고 계속 말했다.

"꼭 보고 싶은 것과 만나고 싶은 사람이 있었거든."

그리고 셔츠의 가슴 부근에서 펜던트를 꺼냈다.

파란 수정과 같은 보석…… 크라비스.

그것을 저녁놀에 비추어 봤다.

"……하지만 이젠 더 바라는 게 없어."

아스나는 슌의 말을 어디까지 이해했을까?

그저 솔직하게 말했다.

"……소원이 이루어졌구나?"

슌은 아스나의 말에 대답하지 않았다.

그 대신 몸을 일으켰다.

"어두워지기 전에 집에 돌아가."

또 한마디 들었다. 자신이 실언을 한 게 아닐까 불안해졌지만 아스나는 슌과 조금이라도 함께 있고 싶다는 마음을 억누르지 못하고 말했다.

"응. 저녁매미 소리가 멎으면 갈게."

슌은 이것만큼은 해야겠다고 생각했다.

"……아스나."

그저 마지막으로…… 죽음을 앞두고.

"축복을 빌어 줄게."

"어?"

아스나는 또 자신이 무슨 말을 들었는지 이해할 수 없었다.

슌은 왜 이렇게 황당하게 말하는 걸까?

"눈을 감아."

"……"

그런 생각을 하면서도 순순히 눈을 감았다.

슌은 그 이마에 살짝 입을 맞췄다.

아스나는 놀라서 눈을 떴다.

"어, 지, 지금…… 그."

슌은 얼굴이 새빨갛게 물든 아스나를 평온한 마음으로 바라봤다.

한편 아스나는 지금 자신이 겪은 일을 믿을 수 없어서 꿈이 아닐까 의심하며 확인해야겠다고 생각했다.

"키, 키, 키, 키스……."

제대로 말할 수 없었다. 지금 나한테 키스했어? 라고 말할 수 있을 리가 없었다.

"아스나."

슌은 말했다.

이것만큼은 마지막으로.

"네가 살아 줬으면 좋겠어."

"저……저기, 그러니까."

얼마나 중요한 말을 들었는지 아스나는 몰랐다……라기보다 아스나는 키스의 충격에서 헤어날 수 없었다.

열한 살, 감수성이 풍부한 나이의 소녀에게 이마에 했다고는 하지만 잘생긴 상대가 키스를 해 준다는 것은 놀라운 경험이었다.

아무튼 부끄러워서 이 자리에 더 이상 있을 수 없었다.

"미, 미안. 내일 다시 올게."

아스나는 슌의 말을, 그 중대한 의미를 생각해 볼 겨를도 없이 그렇게 말하더니 광석 라디오를 가방 속에 넣고…….

그저 약속해 놓아야 한다고 생각했다.

"내일 봐."

이 말을 남기고 달려서 그 자리를 뒤로했다.

키스해 줬어, 키스해 줬어, 키스해 줬어…….

오직 그 생각만 머릿속에서 소용돌이쳤다.

/////

남겨진 슌은 아스나의 뒷모습을 지켜본 후 등 뒤를 바라봤다.

넓고 넓은 지상의 경치가 펼쳐졌다.

그 광경을 바라보는 동안 어느덧 시간이 흘러서…….

하늘에 별이 반짝이는 시간이 찾아왔다.

전부터 계속 보고 싶었던,

줄곧 동경했던,

별이 반짝이는 지상의 하늘.

슌은 옆에 있는 미미에게 말을 걸었다.

"좋은 이름을 얻었구나."

눈을 감았다 뜨며 말했다.

"나를 대신해서 아스나를 좋은 곳으로 인도해 줘."

이것은 슌이 다른 사람에게 건넨 마지막 말이 되었다.

한발 앞으로.

나머지는 혼잣말에 불과했다.

"……이제 와서 견딜 수 없이 무서워."

하늘에 가득한 별.

아름답고 아름다운 하늘.

"하지만 그만큼 행복하기도 해."

그 바다로.

"손이 닿을 것 같아."

손을 뻗어서 별을 붙잡으려고 한다.

시야가 흔들린다.

그리고…….

제
3
화

Children who chase
lost voices
from deep below

다음날 아침이 밝았다.

아스나의 하루는 기본적으로 아침식사와 도시락 준비로 시작된다.

달걀프라이, 비엔나소시지, 시금치에 어제 먹고 남은 생선⋯⋯. 오늘도 그런 식으로 아스나가 도시락을 준비하는데 밖에서 자동차 소리가 들렸다.

야간 근무를 마친 엄마가 돌아온 것이다.

"다녀오셨어요, 엄마!"

기뻐서 다녀왔다는 말을 듣기도 전에 먼저 말을 걸자 엄마가 부엌으로 왔다.

"아스나, 엄마 왔다. ⋯⋯어머, 도시락이 두 개네?"

순간 가슴이 철렁했다.

설마 남자아이를 위해서 만든다고 말할 수 있을 리가 없었다.

"응. 친구 거야."

최대한 아무렇지 않은 척하며 말하고 도시락 뚜껑을 덮었다. 평소보다 조금 신경 써서 만든 것은 엄마에게 비밀이다.

"엄마, 아침밥 먹을 거지? 준비해 놨어."

"고마워, 아스나."

"나도 같이 먹을까……."

아스나는 엄마와 함께 식사하는 것이 무척 좋았다. 혼자 하는 식사만큼 쓸쓸한 것이 없다. 둘이 함께 먹으면 두 배 더 맛있는 것 같은 기분이 든다……. 아스나가 모녀 가정에서 자랐기 때문일 수도 있다.

그러나 엄마는 놀란 목소리로 말했다.

"넌 벌써 먹었을 거 아냐?"

확실히 아침밥은 이미 먹은 후였다. 하지만 아스나는 곧바로 물러나지 않았다.

"한 그릇 더 먹을 수 있어. 아직 배고파."

엄마와 함께 식탁에 둘러앉고 싶었다.

그뿐인데.

엄마는 시계를 본 후 아스나 쪽으로 돌아섰다.

"안 돼. 지각하지 않게 빨리 학교에 가."

그 말을 남기고 엄마는 재킷을 벗으며 거실 쪽으로 갔다.

"……."

학교에 지각하면 안 되는 것은 당연하지만 그래도 시간에 맞춰서 가는데. 적어도 함께 식사 정도는 하게 해 주지.

아스나가 불만스러운 듯이 부루퉁해하는 것을 본 것도 아닐 텐데 거실에서 엄마의 목소리가 들렸다.

"아스나."

"?"

—무슨 일이지?

뭐든 간에 엄마가 말을 걸어 주는 것이 기뻤다. 약간 기대하면서 다음 말을 기다리자 뜻밖의 말이 이어졌다.

"오늘 저녁에 외식하러 갈까? 엄마 오늘 쉬는 날이거든."

"진짜?"

엄마와 함께 외식이라니 언제가 마지막이었을까? 지난 일을 돌이켜봤지만 너무나도 오래전 일이라 생각나지 않을 정도였다.

"그럼 6시까지 돌아올게."

"어? 6시? 늦지 않니? 어디 가려고?"

엄마의 의문은 매우 당연했다. 그러나 남자아이를 만나러 간다고 하면 걱정하거나 놀릴지도 몰랐다. 둘 다 피하고 싶었다.

"친구 만나러 갈 거야!"

아스나는 들뜬 듯이 배낭을 손에 들고 현관으로 향했다.

"다녀오겠습니다!"

배웅하러 온 엄마가 아스나를 보고 바로 알아차렸다.

"……아스나, 스카프는?"

"응, 그게."

솔직하게 말할 수 없었다.

"잃어버렸어! 매점에서 살 거야!"

아스나는 그렇게만 말하고 신발을 신었다.

"잘 다녀와."

엄마의 목소리를 뒤로하고 힘차게 현관에서 뛰어나왔다.

/////

그날, 하늘이 어두운 구름으로 뒤덮였고 오후가 될 무렵에는 비가 세차게 내렸다.

그래도 아스나는 슌을 만나기 위해 고원으로 향했다.

슌의 모습은 보이지 않았다.

일말의 섭섭함을 느끼며 아스나는 비를 피할 수 있는 나무 그늘에 들어가 슌을 기다렸다.

곧 올지도 모르니까.

―내일 보자고 했는걸.

그렇게 생각하며 아스나는 슌이 나타나기를 계속 기다렸다.

―비가 와서 그런가…….

만약에 내가 미움을 받았기 때문이면 어쩌지? 어제 나도 모르는 사이에 이상한 말을 해서 슌의 기분을 상하게 했으면 어떡하지. 얼굴도 보고 싶지 않다고 하면 정말 어쩌나…….

머리를 흔들어 그런 우울한 생각을 떨쳐 버렸다.

아스나는 엄마와 약속한 시간에 늦지 않을 때까지 그곳에서 움직이지 않았지만, 결국 슌이 모습을 보이는 일은 없었다.

/////

낙담한 마음은 흠뻑 젖어서 무거워진 옷과도 비슷했다.

터벅터벅 걸어서 집에 돌아와 현관을 열고 집안을 향해 소리쳤다.

"다녀왔습니다. 엄마, 수건 있어?"

목욕용 수건을 들고 나타난 엄마는 어딘지 긴장한 듯한 얼굴을 했다.

―응? 무슨 일이 있었나?

그런 아스나의 생각과 상관없이 엄마가 물었다.

"우산 안 가져갔어?"

"응."

고개를 끄덕이자 엄마는 아스나의 머리를 수건으로 닦기 시작했다.

"그냥 내가 닦을게."

─초등학교 6학년이나 됐는데 머리를 닦아 주다니.

그렇게 생각하며 말렸지만, 엄마는 아스나의 머리를 수건으로 계속 닦다가…… 갑자기 아스나를 껴안았다.

"어? 엄마, 왜 그래?"

"……아스나, 침착하게 잘 들어."

아스나는 엄마의 음성에서 보통 일이 아닌 뭔가를 느끼고 숨을 죽였다.

"……응."

무거운 목소리에 기분 나쁜 예감이 들었다.

엄마는 어린아이에게 알기 쉽게 설명하듯 천천히 말했다.

"네 스카프를 팔에 감은 소년의 시신이 네가 좋아하는 고원 아래 강변에서 발견됐어. 아스나…… 그 애, 죽었단다."

"……."

아스나는 그 말을 이해하기 어려워서 잠깐 사이를 뒀다가, 일단 부정해야 한다고 느꼈다. 그런 건 말도 안 된다. 현실이 아니다. 받아들일 수 없다.

슌이 죽다니.

"다른 사람일 거야. 그 애가 그런 데에 떨어질 리 없는걸."

"……아스나."

"괜찮아, 잘못 알았을 거야. 걱정하지 마."

불안에 짓눌리지 않기 위해서 단숨에 말할 수밖에 없었다.

"아, 비가 오니까 외식은 다음에 해야겠다. 난 숙제할게."

그렇게 말하고 아스나는 자신의 방으로 뛰어갔다.

"아스나."

"괜찮다니까."

엄마의 목소리에 뒤돌아 대답하며 아스나는 계단을 올라갔다…….

창문으로 밖을 바라봤다.

비가 계속 쏟아지는 세계.

오부치산의 아스나가 좋아하는 장소는 어두워서 잘 보이지 않았다.

"……."

슌이 죽다니 그럴 리가 없었다.

제
4
화

Children who chase
lost voices
from deep below

다음날, 학교의 6학년 교실이 어딘지 웅성거렸다.

이케다 선생님이 출산 휴가를 가는 동안 임시 담임으로 모리사키 류지라는 선생님이 왔기 때문이다.

안경을 쓴 예리하고 사나운 얼굴의 선생님이었다.

남자아이들은 여성 교사가 아닌 것을 아쉬워하며 불평했고, 여자아이들 사이에서는 '조금 잘생긴 것 같다'라는 것이 주된 평가였다.

아스나는 솔직히 말해서 그럴 상황이 아니었다. 슌이 죽었을지도 모른다는 생각이 머릿속을 맴돌아서 어제부터 계속 그 생각만 했다.

지금은 국어 시간. 모리사키 선생님은 가장 오래된 역사서 『고지키(古事記)』의 한 구절에 관해 해설했다.

"슬픔에 잠긴 이자나기는 지하 세계인 황천으로 여행을 떠났다. 죽은 아내 이자나미를 되살리기 위해서."

죽은 아내를 되살린다.

그 말에 아스나는 민감하게 반응했다.

죽은 사람을 되살리다니 정말로 가능할까?

모리사키 선생님의 말이 이어졌다.

"깊은 지하에서 이자나기는 이자나미와 재회하지만 그녀는 이렇게 말한다.

'저는 이미 황천의 주민이 되었습니다. 하지만 황천의 신이 허락하시면 당신 곁으로 돌아갈 수 있습니다. 그 대신 한 가지 조건이 있습니다. 제가 신과 이야기하는 동안 절대로 제 모습을 보면 안 됩니다.'

그러나 이자나기는 그 약속을 어기고 황천의 문을 열고 말았다. 아내는 끝내 그의 곁으로 돌아올 수 없었다.

여기까지가 『고지키』에 실린 신화의 한 구절입니다."

교과서를 탁 덮고 모리사키 선생님은 계속 말했다.

"사랑하는 사람을 되살리기 위해서 지하에 잠입하는 전설이나 신화는 전 세계에 존재합니다. 황천, 하데스, 샴발라, 아가르타."

"……아."

아스나가 교과서에서 얼굴을 번쩍 들었다.

아가르타.

순이 왔다는 곳의 이름이었다.

모리사키 선생님은 아스나의 표정이 바뀐 것을 눈치챘지만 아무 일도 없었다는 듯이 수업을 진행했다.

"명칭은 다르지만 전부 지하 세계의 존재를 나타냅니다. 일찍이 인간은 지하에 죽음의 비밀이 있다고 생각했습니다."

/////

아스나는 수업이 끝난 후 도서실을 찾아갔다.

어쩌면 순을 되살릴 수 있을지도 모른다…….

그런 황당무계한 생각을 진지하게 한 것은 아니었지만 모리사키 선생님의 수업 내용이 궁금해져서 아가르타에 관해 조사해 보고 싶었다.

그러나 아무리 역사가 있는 초등학교라고 해도 어차피 초등학교 도서실이었다. 지하 세계의 전설 등을 다룬 책은 거의 없었고, 모리사키 선생님이 말한 대로 세계 각지에 그런 전승이 있다는 정도의 내용이 쓰인 책이 있을 뿐이었다. 그 외에는 아무것도 찾을 수 없었다.

조금 실망하고 도서실을 뒤로하며 어떻게 할까, 차라리 모리사키 선생님에게 물어보는 건 어떨까……하고 생각하는 찰나.

"아스나, 집에 가?"

또 유우가 말을 걸었다.

"유우."

내심 좋아서 목소리가 들뜨는 것을 필사적으로 억눌렀다. 이 정도의 일로 들뜨는 이상한 애라고 생각하면 곤란하다.

"같이 갈래?"

그렇게 권유해 줘서 죽을 만큼 기뻤다.

기뻤지만 그와 동시에 난처했다. 유우는 왜 나에게 같이 가자고 하는 것일까? 내 부족한 부분을 몰라서 그러는 게 아닐까? 대화를 나누다 나에 대해 좀 더 알게 되면 미워하게 되지 않을까?

"아, 그게."

거절해야 한다.

왠지 그런 생각에 사로잡혔다.

"나, 난 잠깐 모리사키 선생님께 질문이 있어."

거짓말은 아니었다.

조금 전까지 망설였지만 말해 버린 이상 사실로 하면 된다.

하지만 유우는 웃으며 대답했다.

"그럼 기다릴게. 시간 별로 안 걸리잖아?"

"어, 그러니까."

선생님께 하는 질문은 확실히 별로 시간이 걸리지 않는다. 여기서 어설프게 거절하면 미움을 받는 원인이 되지 않을까?

"그, 그럼 기다려."

가슴이 두근두근했다.

오늘 유우와 함께 집에 돌아간다.

통학로는 어디까지 같을까? 가는 도중에 어떤 이야기를 하면 좋을까?

아스나가 그런 생각을 하는데 유우가 목소리를 조금 낮추며 말했다.

"그런데 난 모리사키 선생님 좀 별로야. 오늘 수업도 어쩐지 무서웠고."

"무서워?"

의외였지만…… 확실히 그럴 수도 있다.

죽은 사람이 이러니저러니, 부활이 어떻다는 둥 보통 아이들은 무서워할지도 모른다.

그렇게 생각하며 고개를 끄덕이려고 하는데 유우가 계속 말했다.

"……아까 이케다 선생님이 하는 얘기를 들었는데, 모리사키 선생님의 부인이 돌아가셨다나 봐."

유우가 무슨 말을 하려고 하는지 아스나는 민감하게 알아차렸다.

오늘 수업 내용.

죽은 선생님의 부인.

그것을 늘어놓으면 답은 바로 나온다.

—선생님은 부인을 되살리고 싶어 하는 게 아닐까?

유우는 그렇게 말하고 싶은 것이다.

맞다. 내가 순을 되살릴 수 없을까 생각하는 것처럼.

"……아스나, 왜 그래?"

유우가 걱정스러운 듯이 말을 걸었다. 아무래도 생각에 잠겼던 모양이다. 아스나는 당황해서 고개를 가로저었다.

"아, 아무것도 아니야. 그럼 갔다 올게."

"응."

유우를 뒤로하고 교무실 앞에 섰다.

나쁜 짓을 저지른 것도 아닌데 어째서 교무실이라는 곳은 긴장하게 되는 걸까?

아스나는 그렇게 생각하며 노크했다.

"실례합니다. 모리사키 선생님 계시나요?"

그렇게 아스나는 교무실로 들어갔지만…… 결과는 수포로 돌아갔다.

"모리사키 선생님은 벌써 집에 가셨단다."

이케다 선생님의 말에 아스나는 허탕을 친 기분이 들었다. 그러나, 순을 되살릴 수 있는 방법이 있을지도 모른다면 한시

라도 빨리 알고 싶었다. 그 생각 때문에 아스나는 다음의 말을 내뱉었다.

"저기요."

"무슨 일이니?"

"모리사키 선생님 댁이 어딘지 알려 주실 수 있나요?"

갑작스러운 요청인데도 이케다 선생님은 모리사키 선생님의 집을 자세히 알려줬다. 어지간히 묻고 싶은 것이 있나 보다…… 하고 헤아려 줬기 때문일 것이다.

교무실에서 나오니 그곳에 유우가 기다리고 있었다.

유우를 기다리게 한 것을 반쯤 잊고 있었던 아스나는 당황해서 말했다.

"아, 미안해. 기다렸지?"

"아니야. 더 걸릴 줄 알았어."

유우는 웃으며 기분 좋은 말을 들려줬다.

좀 더 시간이 걸릴 거라고 생각했지만 그래도 기다릴 생각이었다고.

일단 감사 표시를 해야 한다고 생각했지만 뭐라고 해야 좋을지 몰랐다.

"아, 응. 모리사키 선생님 벌써 집에 가셨대."

아스나는 그 말만 겨우 했다.

감사 인사를 하지 못한 것을 죽을 만큼 후회했다.

하지만 유우는 그것도 신경 쓴 기색이 없었다.

"그럼 집에 갈까?"

"그, 그래."

그리고 아스나는 유우와 함께 집에 돌아갔다.

제대로 대화다운 대화는 하지 못했다. 유우가 이런저런 말을 걸어 주면 아스나가 대답하는 것이 전부였다.

아스나는 일전에 어떤 책에서 대화를 계속하려면 상대방에게 질문을 재촉하는 대답을 하거나 반대로 질문하면 된다, 라고 배웠지만 조금도 도움이 되지 않았다.

"그럼 난 이쪽으로 가야 해."

이러저러하는 사이에 유우와 헤어지는 길에 도착했다.

아스나는 오늘도 대화를 제대로 나누지 못한 것을 후회하며 침울한 기분으로 "응, 내일 보자."라고, 어떻게든 마지막만큼은 웃음을 짓기 위해 노력했다.

그리고.

유우와 헤어진 후 아스나는 조금 시간을 둔 후 온 길을 되돌아갔다.

유우에게는 어쩐지 알리고 싶지 않았지만, 모리사키 선생님의 집이 그쪽이었다.

아가르타에 관해서 꼭 알고 싶었다.

조금이라도 빨리.

너무나도 궁금해서 참을 수 없었다.

/////

모리사키의 집은 낡은 아파트였는데, 그 무렵 홀로 타자기로 보고서를 작성하고 있었다. 타자기로는 알파벳만 칠 수 있다. 그래서 그 내용은 외국어로 되어 있었고, 말할 것도 없이 그 보고서는 '모리사키 선생님'으로서 학교에 제출하는 것이 아니라…….

그가 '모리사키 중령'이라고 불리는 조직에 보내는 것이었다.

갑자기 타자를 치던 손이 멈췄다. 책상 위에 놓여 있던 태엽식 오르골에 시선을 줬을 때 마침 인터폰이 울렸다.

"……."

모리사키가 현관문을 열자 그곳에 아스나가 서 있었다.

아스나는 '선생님'의 집을 방문하는 것이 처음이라 가슴이 너무나 두근거렸지만, 그래도 인터폰을 누른 이상, 눈앞에 모리사키가 나온 이상, 말을 안 할 수 없었다.

"실례합니다. 저, 선생님께 물어보고 싶은 게 있어서 왔어요."

"아아, 와타세 아스나였던가?"

"네."

"아직 학생들 이름을 완전히 외우지 못해서 틀리면 어쩌나 싶었다."

모리사키는 아스나를 선뜻 맞아들이며 거실의 테이블로 안내했다.

거실……이라기보다 주방이라고 하는 편이 낫겠다고 아스나는 다시 생각했다. 의자가 있는 테이블. 벽장에 티세트. 전부 아스나에게는 낯선 물건뿐이었다.

방 곳곳에 책이 산더미같이 쌓여 있는 것이, 선생님 집은 어디나 다 이런가 싶었다.

"커피 마시니?"

갑자기 친절하게 물었다.

"아, 네. 우유를 넣으면요."

아스나는 살짝 당황해하면서 대답했다.

모리사키는 두 잔의 인스턴트커피를 탄 다음, 한쪽에 우유를 듬뿍 넣어 테이블 위에 놓았다. 아스나 쪽에 우유를 넣은 커피를 내밀며 의자에 앉았다.

"고맙습니다."

아스나는 감사 인사를 했다. 그러고 보니 아직 아무 말도 하지 않았다. 빨리 무슨 말이라도 해야 할 것 같아서, 일단 인사를 끝내야 한다는 결론에 이르렀다.

"……저기, 갑자기 찾아와서 죄송해요. 이케다 선생님께 주소를 물어봤어요."

"보다시피 혼자 사니까 부담 갖지 않아도 돼. 이사 온 지 얼마 안 돼서 책밖에 없지만……."

모리사키는 친절하게 말한 뒤 안경을 가운뎃손가락으로 밀어 올렸다.

"그래, 뭐가 궁금하니?"

"……."

솔직히 아가르타나 죽은 자의 소생 등은 입 밖에 낼 만한 말이 아니었다.

아스나는 순간적으로 그렇게 판단했다.

"그러니까 오늘 수업 말인데요."

그러자 모리사키는 미소를 띠었다.

"넌 꽤 열심히 듣더구나."

어쩐지 불길한 미소를.

"되살리고 싶은 사람이라도 있니?"

"……."

아무 말도 할 수 없었다.

순을 되살리고 싶은 마음이 없다고 하면 거짓이었다.

그렇지만 그 말을 하는 것은 왠지 모르게…… 그래, 위험하다고 느꼈다.

그러나 아스나의 침묵을 모리사키는 긍정으로 판단한 모양이었다.

그리고 입을 열었다.

"아가르타에서 온 소년을 만난 게 너였구나."

"아아……."

어떻게 그걸 알았을까?

난처해하는 아스나의 앞에 모리사키는 노트 한 권을 내밀었다.

"이걸 봐라."

표지에 적힌 글자는 'Mizonofuchi Report'.

거기까지는 괜찮지만…….

그 밑에 빨간색 잉크로 'CONFIDENTIAL'이라고 도장이 찍혀 있었다.

기밀문서.

이걸 읽으면 되돌릴 수 없다는 것을…… 그때 아스나는 깨닫지 못했다.

아스나는 페이지를 펼쳤다. 몇 장의 사진이 붙어 있는 페이지를 의미도 모른 채 차례대로 넘기다가, 한 장의 사진을 보고 작게 소리를 질렀다.

거기에는 곰처럼 생긴 괴물의 시체가 찍혀 있었다.

아스나가 그 사진을 눈여겨보는 것을 눈치챈 모리사키가 설명했다.

"우리는 그걸 '케찰코아틀'이라고 부르지. 아가르타로 가는 입구를 지키는 문지기다."

그리고 또 다른 책을 아스나 앞에 펼쳤다.

"또 하나. 이건 어떻게 생각하지?"

사회과 자료집 같은 그 책에는 괴이한 조각상 사진 여러 장이 실려 있었다. 한마디로 표현할 수 없지만 우리가 알고 있는 동물과는 어딘지 달랐다.

"방금 본 것과 조금 닮았어요."

아스나의 말에 모리사키는 고개를 끄덕였다.

"3천 년 전 수메르의 고대 신상이다. 일찍이 세계 곳곳에는 이런 신들이 존재했는데, 아직 어린 인류를 인도했지. 그게 케찰코아틀이다."

"케찰코아틀……."

아스나가 작게 되뇌었고, 모리사키는 다시 한번 고개를 끄덕였다.

"인류가 성장하자 신들의 존재가 필요 없게 되었지. 임무를 완수했음을 깨달은 케찰코아틀은 문지기를 남기고 지하로 내려갔다. 몇몇 씨족을 데리고 말이지."

"씨족이요?"

낯선 단어에 아스나가 의문스럽게 물었다.

모리사키는 그것에 대해서는 설명하지 않고, 이어서 말했다.

"케찰코아틀과 함께 지하로 내려간 소수의 인간들이야. 지하 세계 아가르타로 말이지. 거기에는 잃어버린 신들의 지혜가 아직 남아 있어서 무슨 소원이든 다 이루어지는 곳이 있다고 한다."

그때 모리사키가 보인 미소는 어딘지 뻔뻔하다고 하면 좋을까, 아스나가 그 미소에 공포마저 느낄 정도였다.

모리사키는 계속해서 말했다.

"……그래, 죽은 자의 부활까지도."

죽은 자의 부활.

아스나는 침을 꿀꺽 삼켰다.

"아가르타라는 곳이 정말로."

있나요? 물어보려고 한 뒷말은 목소리가 점점 작아져서 사라졌다.

"글쎄, 그냥 전설일지도 모르지. 수많은 설이 있는데 나는 그저…… 연구할 뿐이니까."

"하지만."

—선생님은 아내를 되살리고 싶은 게 아닌가요?

이번에도 아스나의 말은 밖으로 나오지 않았다. 모리사키가 일어섰기 때문에 가로막힌 형태가 되고 말았다.

"이제 돌아가라. 해가 지겠다."

"……선생님."

아스나는, 슌의 말을 믿었기 때문인지 슌을 되살릴 가능성을 믿었기 때문인지 자신도 알 수 없었지만…….

말을 꺼냈다.

"전 아가르타가 분명히 있다고 믿어요."

모리사키는 그 말을 어떻게 받아들였을까?

조금 전까지의 열정적인 말투는 이미 사라지고 없는 듯.

"……곧 밤이 될 테니 딴 데 들르지 말고 곧장 집으로 돌아가거라."

그 목소리는 완전히 학생을 생각하는 교사의 목소리로 돌아와 있었다.

/////

집으로 가는 길.

평소처럼 건널목에서 아스나는 미미를 만났다.

"미미!"

아스나의 목소리를 듣자마자 미미는 선로를 따라 달려 나갔다.

아스나는 왠지 그래야 할 것 같아서 미미의 뒤를 쫓아 달리기 시작했다. 미미는 앞으로 계속 달려갔다.

"기다려!"

평소라면.

평소라면 미미는 내가 하는 말을 들을 텐데.

—언제부터 미미가 내 말을 듣지 않게 되었을까?

생각하자마자 깨달았다.

순이 나타났을 때부터였다.

"미미!"

전속력으로 달리는 고양이를 따라잡을 수가 없어서 아스나는 곧 미미의 모습을 놓쳤다.

시야에서 잃어버렸을 때, 아스나는 철교까지 와 있었다.

그리고 올려다본 산 중턱, 아스나가 좋아하는 고원에 파란 빛이 반짝인 것을 알아챘다.

"……!"

아스나는 걷기 시작했다.

어떤 예감이 재촉해서.

그 발걸음이 점점 빨라졌고 결국에는 고원을 향해 뛰어갔다.

파란 빛. 그것은 순이 갖고 있던 보석이 분명하다.

그렇다면…….

아스나가 헐떡이며 고원에 도착하자 그곳에는 낯선 가죽 망토를 두르고 민속 의상처럼 보이는 옷을 입은 슌이 서 있었다.

아스나의 기척을 눈치챈 슌이 돌아봤다.

그의 가슴에 파란 보석이 빛나고 있었다.

"……아아!"

아스나는 눈물이 날 것 같았지만 슌에게 달려갔다.

"슌!"

그의 손을 잡고 마음껏 기뻐하며.

"슌, 슌, 역시 이럴 줄 알았어!"

살아 있었어.

고원에서 떨어진 게 아니었다.

순간 아스나는 벅찬 기쁨으로 가슴이 설레어 그렇게 외쳤지만…….

그러나 슌의 반응은 아스나가 기대한 그 어떤 것도 아니었다.

슌은 아스나의 손을 난폭하게 뿌리쳤다. 그리고 말했다.

"넌 누구지?"

슌은 경계심을 노골적으로 드러낸 후 잠깐 사이를 두고 혼잣말을 했다.

"……그 자식, 지상인과 접촉한 건가?"

"슌……?"

아스나의 부름에 슌은 고개를 가로저었다.

"그 녀석은 이제 없어. 그동안 일은 다 잊어버려."

아스나는 뭐가 뭔지 알 수 없었다.

혼란스러운 머리로 아스나가 슌에게 좀 더 말을 걸려고 했을 때, 갑자기 고원의 눈앞에 헬리콥터가 나타났다.

회오리치는 바람과 함부로 이쪽을 비추는 조명. 그것들로부터 순간적으로 얼굴을 가리는 아스나 앞에서 슌이 말했다.

"아크엔젤······!"

슌은 망토를 휘날리며 아스나에게 말했다.

"난 이제 가야겠어!"

그러나······.

슌은 떠나려고 했지만 그 앞에 군복처럼 보이는 옷을 입은 세 남자가 각각 사격 자세로 서 있었다. 작게 혀를 차며 슌은 발을 멈췄다. 마스크와 고글을 낀 탓에 남자들의 얼굴은 알 수 없었다.

가운데의 남자가 한발 앞으로 걸어 나왔다.

"아가르타에서 온 소년인가?"

그렇게 말하며 오른손을 앞으로 내밀었다.

"크라비스를 넘겨라."

아스나는 상황을 전혀 이해할 수 없었다.

총? 진짜인가?

너무나도 갑작스러운 전개를 따라가지 못한 아스나는 작게 중얼거렸다.

"이 사람들은 뭐야……?"

그때, 헬리콥터가 천천히 움직였다. 아스나가 알 리 없었지만 그것은 군용 헬리콥터였고, 기관총은 확실히 두 사람을 노리고 있었다.

"이런!"

슌은 아스나의 손을 붙잡고 남자들과 정반대 방향으로 뛰기 시작했다.

두 사람이 즉시 총을 쏘려고 하자 가운데에 있던 남자가 제지했다.

슌은 고원에서 크게 도약하여 공중에서 아스나를 끌어안고 그대로 숲을 향해 낙하했다. 보통 사람이라면 분명히 죽음을 각오해야 할 높이였지만.

"꺄아악!"

슌은 아스나의 비명을 무시하며 숲의 나뭇가지들을 쿠션 삼아 낙하 기세를 죽이고 땅 위에 착지한 후 그대로 달리기 시작했다.

그 모습을 확인하고 헬리콥터에서 지면을 향해 기관총을 사방팔방 휘두르며 쏘아대기 시작했다. 모래먼지가 일었다.

슌이 그것을 다 회피한…… 것은 아니었다.

"맞히지 마라."

조금 전의 남자가 그렇게 명령을 내렸다.

"그대로 두고 '문'까지 안내하게 한다."

달려가는 두 사람은 당연히 그의 의도를 알 리가 없었다.

/////

바위문이었다.

숀이 없었으면 단순히 동굴의 막다른 곳으로만 보였을 것이 분명했다.

온몸의 힘을 모아서 숀이 바위문을 옆으로 밀어 열자, 그곳에 비밀 통로가 나타났다. 숀의 가슴에 있는 보석이 파란 빛을 냈다.

"……그 보석은."

"크라비스야. 난 이걸 되찾으러 지상에 왔어."

숀은 쌀쌀맞게 말하며 동굴 안쪽으로 걸어갔다.

아스나는 아직 어쩔 줄 몰라 당황했지만, 조금 전 군대로 보이는 남자들을 상대로 원만하게 끝날 거라고 생각하긴 힘들어서 어쩔 수 없이 그의 뒤를 따라갔다.

"이제 놈들은 못 들어오겠지. 밖으로 나갈 때는 크라비스가 필요 없으니 넌 아침에 집으로 돌아가."

"지상이라니."

슌의 뒤를 쫓아가며 아스나가 물었다.

"정말로 아가르타는 지하에 있어?"

"……그런 이야기까지 들었어?"

어딘지 어이가 없어서 놀란 듯한 말투였다.

"슌…… 혹시 기억상실증이야?"

"난……."

뭔가 말하려던 슌이 지면을 박차며 아스나를 안고 뛰었다. 그 순간 뒤늦게 천장이 무너지며 다시 헬리콥터에서 쏘아대는 기관총이 두 사람을 덮쳤다.

―아니야, 달라.

슌은 순간적으로 판단했다.

기관총은 어디까지나 동굴 입구를 억지로 열기 위해서 쏜 것이다.

"이런, 놈들이 쳐들어올 거야!"

점점 앞으로 나아가는 슌의 뒤를 쫓아서 아스나도 동굴 안쪽으로 들어갔다.

도대체 얼마나 넓은 걸까? 동굴은 때때로 지면 아래로 파내려 간 구멍이거나 작은 연못이 되며 훨씬 안쪽으로 이어졌다.

―이젠 나 혼자서는 돌아오지 못하겠어.

그렇게 생각한 아스나는 "도대체 어디까지"라고 말하려다 말을 삼켰다.

그때 암벽에서 뭔가의 화석이 모습을 드러냈다. '뭔가'라고 표현한 것은 아스나가 무지한 탓이 아니다. 지상의 동물과는 결정적으로 뭔가가 다른, 지금까지 봐 왔던 화석과는 전혀 다른 괴이한 모양이라고 느꼈기 때문이다.

　"왜 그래, 빨리 와! 따라잡히겠어."

　"슌, 이 동굴은."

　"난 슌이 아니야."

　동굴 안쪽으로 계속 들어가며 슌……이 아닌 소년이 말했다.

　"사실은 너를 도와줄 이유도 없어."

　"……그럼 뭐야?"

　아스나는 소년이 다른 사람이 된 것 같다고 느꼈다.

　그날 슌은 그토록 다정했는데. 설마, 진짜로…….

　"슌이 아니면 넌 누구야!"

　진짜로 슌이 아닌 것일까?

　그렇게 생각했을 때 소년이 오른손으로 아스나를 제지했다.

　"조용히 해. 넌 여기에 있어."

　"……왜 그래?"

　소년은 가슴의 보석, 크라비스를 빼서 손에 들며 말했다.

　"문지기야."

　동굴이 한층 더 넓어졌다.

학교 체육관도 거뜬히 들어갈 만한 구멍 안에 기묘한 동물이 있었다.

악어? 도마뱀? 얼핏 하마처럼 보이기도 하는 엄청 거대한 동물. 그 체구는 높이 몇 미터, 몸길이 10미터 이상은 될까?

문지기.

최근에 그 말을 들은 것 같은데…….

─인류가 성장하자 신들의 존재가 필요 없게 됐지. 임무를 완수했음을 깨달은 케찰코아틀은 문지기를 남기고 지하로 내려갔다.

모리사키의 말이었다.

그렇다면 이것이 진짜 케찰코아틀?

소년이 말했다.

"문지기는 원래 인간들의 인도자였어."

모리사키와 똑같은 말을 한다.

"하지만 지상의 오염된 공기 탓에 지금은 마음을, 거의 잃어버렸지."

그렇게 말하고 소년은 케찰코아틀의 눈앞에서 크라비스를 흔들었다.

"기억해 내면 좋을 텐데…….."

그 순간, 케찰코아틀이 으르렁거리며 소년을 물려고 했다. 소년은 몸을 돌려 허리에서 뽑은 단도로 케찰코아틀의 턱을

쳤다. 금속끼리 맞부딪친 듯한 맑은 소리가 울려 퍼졌고 케찰코아틀은 상처 하나 입지 않았다.

"큭……."

케찰코아틀은 그 상태로 소년에게 힘껏 덤벼들었고 둘의 모습이 흙먼지 속으로 사라졌다.

"슌!"

아스나는 자기도 모르게 외쳤지만 소년은 무사한 모양인지 곧바로 대답했다.

"거기 있어!"

달려가려던 아스나의 발이 멈췄다.

그곳에서 소년의 가슴에 있는 크라비스가 강렬한 빛을 내뿜는 것이 보였다.

케찰코아틀이 순간적으로 힘이 빠진 것을 놓치지 않고 소년은 케찰코아틀의 턱을 발로 차올린 뒤 등 뒤로 공중제비를 넘어 간격을 잡았다.

"괜찮아?"

"아직 안 끝났어."

소년은 손에 들고 있던 크라비스를 달려온 아스나의 목에 걸었다.

"크라비스를 맡아 줘. 죽이고 싶지 않아."

그 말만 하고 다시 케찰코아틀을 향해 뛰어갔다.

"어떻게든 재워야겠어……!"

소년은 케찰코아틀 앞으로 다가섰다.

케찰코아틀이 포효하며 소년을 향해 돌진해 왔다. 소년은
부딪쳐 오는 몸통을 간신히 피하더니 몸을 반회전시키며 그
기세를 타서 케찰코아틀의 관자놀이를 팔꿈치로 힘껏 쳤다.
케찰코아틀의 머리 부분이 옆으로 크게 흔들렸고, 소년은 도
약해서 그 머리로 뛰어 올라타더니 양손을 망치처럼 세차게
내려쳤다. 머리에 연속으로 타격을 입혔기 때문일까, 케찰코아
틀의 거구가 쿵 하고 지면에 가라앉았다.

"겨우 재웠나……."

소년은 어깨를 들썩이며 만족스럽게 숨을 돌렸다.

"아스나, 크라비스를……."

그렇게 말하며 소년이 돌아봤을 때였다.

케찰코아틀은 아직 정신을 잃지 않았다. 옆으로 휘두른 꼬
리가 소년의 몸을 날려서 암벽에 내동댕이쳤다.

"슌!"

아스나가 당황해서 달려갔다…….

그곳으로 케찰코아틀도 돌진해 왔다. 거대한 입이 벌어져서
아스나가 죽음을 각오한 순간, 생소한 파열음이 연속해서 세
번 울렸다. 그리고 케찰코아틀의 측두부에서 피가 분출했다.

—아니……?

상황을 이해하지 못한 채 아스나가 바라본 곳에는 아까 군복처럼 보이는 옷을 입은 남자들이 있었다. 그 손에 든 권총에서 화약 연기가 피어올랐다.

"케찰코아틀이 있다니……."

한 남자가 말했다.

"역시 여기가 입구인가 보군."

진짜 권총? 거짓말이지?

―아무튼 도망쳐야 해.

아스나는 그렇게 생각하고 소년을 도와서 일으켰다. 그의 몸을 지탱하며 다시 동굴 안쪽으로 도망치려고 했지만 걸음이 느려서 앞으로 나아가지 못했다.

세 남자 중 가운데에 있던 사람이 케찰코아틀을 바라보며 냉정하게 말하는 소리가 들렸다.

"이 녀석은……."

"……뭡니까?"

다른 남자가 물었다.

"5천만 년 전에 서식했던 태고의 고래다. 죽여라."

"하지만 증거는 전부 회수하라고."

"크라비스만 손에 넣으면 불만 없을 거다. 해치워."

남자가 말하자 옆에 있던 남자가 기관총을 잡았다.

"……그만둬!"

이를 본 소년이 외쳤지만…….

무수히 많은 총탄이 가차 없이 케찰코아틀을 덮쳤다.

그 모습을 뒤로하고 가운데에 있던 남자가 소년과 아스나에게 다가왔다. 소년은 아스나의 어깨에서 떨어지더니 힘없이 아스나를 지키듯이 서서 단도를 잡았다. 등 뒤는 암벽이었기에 도망칠 곳이 없었다.

남자는 총을 들고 아스나에게 말했다.

"크라비스를 갖고 이쪽으로 와라. 그렇지 않으면 소년을 죽이겠다."

"가지 마."

소년이 작은 소리로 속삭였다. 그 순간 남자가 총을 쐈다. 소년의 바로 옆에서 바위가 튀었다.

"여기서 너희 둘 다 죽일 수도 있어."

"……슌."

소년은 잠시 말이 없었지만……. 남자에게 들리지 않게 다시 한번 속삭였다.

"기회를 봐서 구해 줄게."

여전히 뭐가 뭔지 알 수 없었다. 이 크라비스라는 돌이 그렇게 귀중한 것일까?

여하튼 지금은 소년이 하는 말을 믿을 수밖에 없어 보였다. 아스나는 고개를 살짝 끄덕이고 남자 쪽으로 걸어갔다. 서로의 거리는 약 10미터…….

그때 크라비스가 갑자기 빛을 내뿜었다.

그와 동시에 아스나의 바로 옆쪽 벽이 빛을 내기 시작했다.

―이게 뭐지……? 뭐야!

아스나가 깜짝 놀라 걸음을 멈췄지만 남자는 냉혹하게 말했다.

"멈추지 말고 걸어 와."

그의 뒤에서 남자들이 쓰러진 케찰코아틀을 짓밟으며 마지막 일격을 가하려는 듯이 총탄을 쏘아댔다. 가운데의 남자는 그들을 향해 말했다.

"여기서 소년을 감시해라."

한 남자가 물었다.

"저게 문입니까?"

"아마 그럴 거다. 남극에 있던 문은 폭약이나 착암기도 통하지 않았다고 하더군."

하지만……이라고 중얼거린 남자는 아스나의 어깨를 밀며 '문'이라고 불린 암벽에 다가갔다.

바위의 일부가 강렬한 빛을 내뿜었다.

"크라비스를 그 빛에 대라."

아스나는 숨을 멈추고 떨리는 손으로 크라비스를 손에 쥐었다.

어떡하지? 어쩐지 무서운 일이 일어날 것만 같았다. 이 남자가 시키는 대로 해도 될까? 아니, 분명히 좋지 않을 것이다.

"왜 그래? 어서 해."

그러나 지금은 그렇게 할 수밖에 없었다.

아스나는 두려워하며 크라비스 끝부분을 빛에 댔다.

그와 동시에 마법처럼.

'문'이라고 불린 암벽이 모습을 감추고 그 안쪽으로 돌로 만든 통로가 펼쳐졌다. 통로의 모습은 정연했지만 시간의 흐름 탓인지 곳곳에 식물이 자랐고 돌 자체도 마모되었다. 그러나 유적이라고 부르기에는 지나칠 정도로 깨끗한 느낌이 들었다.

남자가 감탄하며 숨을 내쉬었다.

"사이의 바다…… 드디어 여기까지 왔군."

그렇게 말하더니 남자는 천천히 소년에게 총을 겨눈 두 남자에게 총구를 향했다.

"동행하느라 수고했다."

남자들은 놀라서 목소리를 높였다.

"중령님, 무슨……."

"여기부터는 나 혼자 가겠다."

남자는 아스나의 등을 잡아끌며 '문' 저편으로 조심히 발을 내딛었다.

"유로파의 늙은이들에게 안부 전해라."

그리고 다시 암벽이 모습을 나타내려는 순간, 소년은 그때 생긴 틈을 놓치지 않았다.

몸을 낮춰서 단숨에 뛰쳐나오자 두 남자가 당황하여 발포했지만 소년을 붙잡을 수 없었다. 결과적으로 '문'이 원래의 암벽으로 되돌아왔을 때, 그 안쪽에는 남자와 아스나, 소년 세 사람이 있었다.

"슌!"

"아크엔젤!"

단도를 쥔 소년에게 남자는 총을 선뜻 던졌다.

어이가 없어서 멍하니 있자, 남자는 아스나의 등을 밀며 풀어 주겠다는 의사를 표시했다.

아스나는 황급히 소년의 곁으로 달려갔다.

소년은 아스나를 다시 등 뒤에 두고 경계하며 단도를 쥔 채 물었다.

"무슨 속셈이지?"

그 물음에 대답하지 않고 남자는 마스크를 훌렁 벗었다. 그 속에서 나타난 것은…….

"모리사키 선생님?"

그렇다. 이제 막 부임한 교사, 모리사키 류지였다.

"여기까지 온 이상 너와 적대할 이유는 없다."

모리사키는 돌변해서 온화하게 말했다.

"난 아가르타에 오고 싶었을 뿐이야."

아가르타. 그 단어에 아스나가 숨을 삼켰다.

소년은 계속 경계를 풀지 않은 상태로 모리사키에게 쏘아붙였다.

"아가르타는 사라져 가는 장소야. 너희 아크엔젤이 기대하는 것은 전혀 없어."

그러나 모리사키는 눈동자에 확고한 힘을 담아 말했다.

"내가 원하는 건 불사의 비밀이나 고대의 지혜가 아니야."

그의 눈동자와 말에서 강인한 의지가 느껴졌다.

"……그저 아내를 되살리고 싶을 뿐이다."

―역시 그랬어. 모리사키 선생님은 아내를 되살리고 싶었던 거야.

아스나는 생각했다.

그렇다면 이 앞에 아가르타가 있다는 뜻일까?

"……."

소년은 모리사키와 잠시 대치했지만, 곧 단도를 허리의 칼집에 다시 꽂았다.

"마음대로 해. 내 사명은 크라비스의 회수뿐이니까."

그리고 아스나의 목에서 크라비스를 빼서 자신의 목에 걸며 물었다.

"너, 이름이 뭐지?"

늘 다정한 말투였던 슌과는 다른 무뚝뚝한 목소리였다.

"……아스나."

"나는 신. 슌의 동생이야."

"신…… 그럼 슌은."

"형은 죽었어. 지상에서는 오래 살지 못한다는 것을 알면서도 각오하고 규칙을 어겨서 밖으로 나갔지."

슌은 죽었다.

그 말을 저주처럼 되새겼다.

소년…… 신은 그것을 마음에 둔 기색도 없이 말했다.

"난 이제 간다. 출구는 크라비스 없이도 열리니까 아침이 밝으면 돌아가."

그리고 아스나를 돌아봤다.

"휘말리게 해서 미안해, 아스나."

신은 처음으로 미소를 보였다.

웃는 얼굴이 슌과 똑같았다.

가슴이 아팠다.

애써. 애써 슌이 살아 있다고 믿었는데.

신은 두 번 다시 돌아보지 않고 그대로 지하 동굴의 호수 속으로 걸어가 사라졌다.

그 기묘한 모습을 궁금해할 새도 없이 모리사키가 총을 주위 들며 말했다.

"네가 많이 무서웠겠구나."

"모리사키 선생님, 왜 이런 일을?"

"아크엔젤이라는 이름을 알고 있니?"

그 물음에 아스나는 고개를 가로저었다.

"……아니요."

"아가르타의 존재를 알고 있는 유일한 조직이다. 지하 세계의 지혜를 얻어서 인류를 더 나은 방향으로 인도하려고 하지."

모리사키는 안경을 밀어 올리며 말했다.

"난 그 조직의 일원으로 10년 동안 아가르타의 입구를 찾아 헤맸다."

"……하지만 함께 있던 사람들은."

"아크엔젤의 실체는 공허한 그노시스주의자들의 집단이다. 난 신이나 세계의 진리에는 관심 없어."

아스나는 모리사키가 하는 말을 반도 이해할 수 없었지만…… 모리사키가 단언한 이 말만은 알 수 있었다.

"내 목적은 아내를 되살리는 것뿐이야."

아내를 되살리는 것.

죽은 사람을 되살린다?

그런 일이 정말로 가능할까?

"난 아가르타로 가서 그 방법을 찾을 거다. 위험한 일을 겪게 해서 미안했다."

모리사키 또한 신과 마찬가지로 지하 동굴 호수로 들어갔다.

몸이 절반 정도 호수에 잠겼을 때 물을 손으로 떠서 마셨다.

"역시 비타 아쿠아군."

아스나로서는 이해할 수 없는 일이 너무 많이 일어났다.

슌, 신, 모리사키, 아가르타, 죽은 자의 부활.

그래도…….

"……선생님!"

아스나가 외치며 모리사키에게 뛰어갔다.

"선생님, 저도 갈래요."

"왜지? 죽은 그 소년을 되살리고 싶어서?"

"그건…… 잘 모르겠어요."

어떻게 하고 싶은지 스스로도 알 수 없었다.

"하지만!"

말이 더 이상 나오지 않았다.

자신의 감정이 아직 정리되지 않았다. 그것은 확실했다. 그러나 지금 모리사키를 따라가야 아가르타에 갈 수 있을 것이다.

그래, 반드시, 영원히.

"위험한 여행이 될 수도 있고, 언제 돌아올 수 있을지 알 수도 없어. 그래도 괜찮겠니?"

모리사키의 질문에, 아스나는 고개를 끄덕였다. 이 말만큼은 강한 마음을 담아서.

"네."

대답을 듣고 모리사키는 아스나에게 손을 내밀었다.

"이리 오렴."

아스나는 두려워하며 그의 손을 잡고 지하 동굴 호수로 들어갔다.

"이건 비타 아쿠아라는 태고의 액체야. 부력이 거의 없고 폐에 가득 차면 숨도 쉴 수 있지. 아가르타는 이 밑에 있다."

모리사키는 점점 앞으로 나아갔다.

호수가 금세 아스나의 가슴 정도까지 깊어졌다.

아스나는 조금 저항했지만 모리사키의 발걸음은 멈추지 않았다.

"선생님, 잠깐만요."

"괜찮아! 물속에서도 숨을 쉴 수 있어!"

그렇게 말해도 무서운 건 무섭다. 상식적으로 생각하면 물속에서 숨을 쉬는건 불가능하잖아.

그러나 모리사키는 물, 비타 아쿠아를 밀어 헤치며 빠른 걸음으로 나아갔다.

"소중한 걸 되찾기 위해서야!"

아마……. 나중에 아스나는 이때를 생각한다.

모리사키에게 이날은 오랫동안 진심으로 바라던 순간이었을 것이다. 10년이라는 세월 동안 아가르타로 가는 길을 계속 찾아 헤맸는데 드디어 찾은 순간이었으니.

"아스나, 각오를 다져라!"

그리고 아스나는 비타 아쿠아 속으로 강제로 끌려 들어가서…… 깨달았다.

숨을 쉴 수 있다.

모리사키는 표정을 싹 바꿔서 다정한 미소를 띠며 아스나를 바라본 후 다시 걷기 시작했다.

호수 속에는 긴 계단이 계속 이어졌고 양옆에는 유적처럼 보이는 수많은 석조 건물들이 나란히 서 있었다.

그것들을 무시한 채 계단을 지나가자 곧 계단이 갑자기 끊어졌고 그 앞은 바닥이 보이지 않는 구멍이었다.

원초적인 공포를 느꼈다.

아스나는 잠시 주저했지만 모리사키는 아스나의 손을 잡고 단숨에 그곳으로 뛰어내렸다.

깊이, 깊이, 어두운 바닥으로.

/////

아스나는 그때 꿈을 꾼 기분이 들었다.

본 적이 있는 툇마루에 앉은 두 남녀.

임신한 모양인지 배가 크게 부른 여성이 말했다.

"이 아이의 인생이 행복하기를 바라요."

남성이 웃었다.

"걱정하지 마."

그 배를 다정하게 쓰다듬으며 말한다.

"태어나는 것만으로도 생명은 이미 충분히 행복하니까."

제
5
화

Children who chase
lost voices
from deep below

눈을 뜨자마자 가장 먼저 시야에 들어온 것은 낡은 석조 건물의 천장이었다.

그리고 자신의 가슴 위에 미미가 올라와 있는 것을 깨닫고 등을 쓰다듬으며 몸을 일으켰다.

다시 주위를 바라보니, 푸른 나무들에게 침식당한 태고의 건물. 그런 표현이 딱 어울린다 싶은 광장이었다.

맞다…… 나는 무슨 물속에 깊이 잠수했는데…….

"깼니?"

목소리를 듣고 돌아보니 거기에는 모리사키가 서 있었다.

모리사키는 미미를 턱으로 가리켰다.

"그 녀석이 네 배낭에서 나왔는데 네가 데려온 거니?"

"……아니요. 너 언제 거기 들어간 거야?"

아스나의 비난 어린 목소리에 마치 아양을 떨 듯이 미미는 얼굴을 가까이 갖다 댔다.

"끝까지 데려갈 여유가 없을지도 몰라."

대수롭지 않게 던진 모리사키의 말에 "끝까지 데려가다니……"하고 아스나는 그 말을 그대로 중얼거렸다.

"아! 선생님, 여기는!"

아가르타인가요?

묻는 말에 모리사키는 대답하지 않았다. 그 대신 이렇게 말했다.

"저쪽에 있는 계단이 통하는 것 같다. 가자."

지체 없이 걸어가는 모리사키의 뒤를 쫓아 서양의 고성과 같은 계단을 올라가니 곧 통로는 나무로 뒤덮인 실내 정원 같은 장소에 이르렀다.

"……선생님."

"그래."

말하려는 찰나 대답을 들었다. 돔 모양으로 된 실내 정원에는 출입구가 두 개뿐이었고, 앞으로 나아가려면 안쪽에 있는 통로로 가는 수밖에 없었다. ……하지만.

그 통로 앞에 사슴처럼 보이는 동물이 앉아 있었다.

그렇게 생각한 데에는 이유가 있다. 그 동물의 뿔이 아스나가 아는 어떤 사슴보다 훨씬 더 구부러져서 드높이 하늘을 가리켰고, 등에는 곰처럼 생긴 괴물, 케찰코아틀에게도 있었던 기하학적인 무늬가 그려져 있었기 때문이다.

"아마 문지기인 케찰코아틀일 거다."

저것도 케찰코아틀이구나……하고 아스나는 생각했다.

그러나 신기하게도 곰을 봤을 때처럼 무섭지 않았다. 단순히 육식동물의 모습이냐 초식동물의 모습이냐의 차이인지, 그게 아닌지 아스나는 판별하기 어려웠지만.

"이쪽을 봐요……."

중얼거리자 모리사키는 곧장 "정면 돌파해야겠군"하며 총을 쥐려고 했다.

─죽이는 건가?

아스나가 제지할까 말까 망설인 순간, 갑자기 미미가 아스나의 어깨에서 뛰어내려 그 케찰코아틀에게 달려갔다.

"미미!"

모리사키가 쫓아가려고 한 아스나를 막았다.

케찰코아틀이 미미를 습격하는 일은 없었다. 사슴처럼 보이는 케찰코아틀은 머리를 늘어뜨려서 미미와 코끝으로 마주했다.

그리고…….

미미가 케찰코아틀의 머리 위에 선뜻 올라탔지만 케찰코아틀은 난폭하게 굴지 않았다. 오히려 마치 '지나가라'고 하는 듯이 통로 입구에서 비켜 줬다.

아스나와 모리사키는 신중하게 통로로 향했다.

"미미, 이리 와."

"……아스나."

모리사키는 경계했지만 아스나는 그 케찰코아틀이 무섭게 느껴지지 않았다. 소나 말이라도 가까이 다가오면 무섭게 느낄 때가 있는데 이상하다고 생각했다.

아스나는 케찰코아틀의 바로 옆까지 다가가서 미미를 향해 손을 내밀었다.

"미미."

야옹, 하고 대답하며 미미가 아스나의 어깨에 올라탔다.

케찰코아틀은 다정한 시선으로 아스나를 바라본 채 가만히 있었다.

"아스나, 가자."

돌아보니 모리사키가 이미 통로 내부로 들어갔다.

아스나가 종종걸음으로 따라가자 모리사키는 미소를 띠었다.

"그 녀석이 의외로 쓸모가 있겠는데?"

그리고 유적 같은 통로를 빠져나가자…….

그곳에는 광대한 경치가 펼쳐졌다.

아득히 먼 지평선까지 이어지는 초원, 곳곳에 숲이 있었고 강이 흐르며 하늘은 파랬다……. 여기가 '지하'라고 도저히 생각할 수 없는 광경이었다.

"우와."

자기도 모르게 감탄의 목소리가 흘러나왔다.

예뻤다. 아스나는 이 정도로 웅장한 경치를 한 번도 본 적이 없었다. 그저 그 아름다움에 넋을 잃고 아득히 먼 곳으로 시선을 줬다.

"선생님, 저것 보세요!"

푸른 하늘에 떠 있는 구름 사이로 그것을 발견하고 목소리를 높였다.

한마디로 말하자면, 배.

노를 저어 움직이는 화려한 장식의 거대한 배가 천천히 하늘을 날았다.

"샤쿠나 비마나!"

모리사키가 들어본 적 없는 단어를 말했다.

"네? 그게 뭐에요?"

아스나가 묻자 모리사키는 흥분을 감추지 못한 모습으로 말했다.

"신들이 타고 다닌다고 하는 배야. 문헌대로군……. 역시 여기는 아가르타……!"

"아가르타……."

그렇게 중얼거린 아스나의 주머니 속에서 아빠의 유품인 돌이 파란 빛을 냈다.

―어? 이게 무슨 일이지?

아스나는 당황해서 돌을 꺼냈다. 똑바로 볼 수 없을 정도로 눈부신 빛이 열기도 없이 그저 휘황찬란하게 빛났다.

그 돌을 보고 모리사키가 깜짝 놀라 소리쳤다.

"……그건 크라비스!"

이것이 크라비스란 말인가? 크라비스라고 하면 슌이 갖고 있었고 신이 지상으로 되찾으러 온 그 보석의 이름일 텐데. 그 것이……?

"파편인가? 네가 왜 그걸 갖고 있지?"

그건 내가 묻고 싶은 말이다.

아스나는 망설이며 말했다.

"라디오의 광석 대신 쓰던 건데, 아빠의 유품이래요."

"……유품?"

모리사키는 무슨 생각을 하는지 근심스러운 표정을 보였다.

그리고 등 뒤를 올려다봤다.

샤쿠나 비마나가 구름 사이로 사라지는 참이었다.

"크라비스는 라틴어로 '열쇠'라는 뜻이야. 앞으로 우리한테 도움이 될지도 모르니 소중히 간직하도록 해."

"······네."

그렇게 말하지 않아도 아빠의 유품이니까 당연하다. 하지만 아무래도 이 돌에는 '아빠의 유품' 이상의 가치가 있나 보다······하고 아스나는 생각했다.

"저 배가 향하는 방향으로 가 보자. 뭔가가 있을지도 몰라."

모리사키가 구름 사이를 바라보며 말했다.

"우리가 찾는 게 말이다."

"······."

아스나는 고개를 가볍게 끄덕였다.

/////

그렇게 해서 두 사람의 여행이 시작되었다.

일단 모리사키의 걸음 속도가 빨라서 아스나는 따라가는 게 고작이었다.

조금 기다려 줘도 될 텐데 하는 생각도 들었지만 억지를 부려서 따라온 입장인 이상 떼를 쓸 수 없었다. 그래서 아스나는 모리사키와의 거리가 조금 벌어지면 종종걸음으로 뒤를 따라가기를 반복했지만 어느 순간 그럴 일이 없어졌다.

모리사키가 걷는 속도를 맞춰 주고 있음을 바로 눈치챘다.

……의외로 친절한 사람일지 모른다.

아스나가 그렇게 생각하고 "죄송해요, 걷는 게"라고 말하려고 했지만, 모리사키는 아스나를 돌아보지도 않고 "아니야. 내가 좀 더 빨리 신경 써야 했다"라고 답한 뒤, 더 이상 말하지 않았다.

비록 아크엔젤이긴 했지만, 역시 선생님은 선생님이라고 아스나는 생각했다. 선생님이라는 존재는 인격자이며 훌륭한 사람이다. 그 생각은 잘못되지 않았다.

실제로 모리사키는 신경을 잘 써 주는 남자였다.

바위가 많은 곳을 지날 때는 자주 아스나의 손을 잡아줬고, 호수를 건널 때 발밑에 위험한 곳이 있으면 바로 알려 줬다. 또 초원에서는 먹을 수 있는 들풀을 모으며 아스나에게도 분간하는 방법을 알려 줬다.

이것은 신기한 일이었다.

신기한 일이기는 했지만…….

준비도 제대로 하지 않고 엄마에게 말도 없이 떠난 여행인데, 어느새 아스나는 즐겁다고 느껴졌다. 지금까지 느껴 본 적 없는 만족감, 계속 어딘가에 가고 싶었는데 그 '어딘가'가 이 아가르타가 아닐까 하는 생각이 들었다.

밤이 되면 모닥불을 피우고 문헌을 열중해서 읽는 모리사키의 옆에서 조용히 지냈다. 모리사키는 담배와 라이터를 갖고 다녔기에 불을 붙이는 데 어려움이 없었고, 아가르타는 자연이 풍부한 곳이었기에 불태울 재료도 쉽게 구할 수 있었다.

아스나는 그 시간도 이상하게 좋았다.

원래 아스나는 누군가와 함께 지내는 것을 싫어하지 않았다.

싫어하지 않지만 거북하기는 했다.

무슨 말을 해야 할지 몰랐기 때문이다.

그런데 모리사키는 늘 책에 열중해서 대화를 요구하는 스타일이 아니었고, 아스나에게 억지로 말을 거는 일도 없어서 신경 쓸 필요가 없었다.

아가르타에서의 여행은 가슴 설레고 두근거리는 일로 가득했다.

불안한 것은 식량이었다.

모리사키가 가져 온 맛없는 휴대 식량은 며칠 분량뿐이었고, 아스나의 배낭에는 과자만 들어 있었다.

아스나는 정말로 염치없다고 생각했지만 그래도 모리사키가 식량을 나눠주지 않으면 어쩔 수 없었기에 "저에게도 나눠주세요"라고 말할 타이밍을 쟀다. 하지만 결과적으로 그럴 필요가 없었다.

모리사키가 휴대 식량을 꺼내며 "자, 이걸 먹어라"하고 아스나에게도 나눠줬기 때문이다.

진심으로 기뻤다.

아스나는 적어도 고마움을 표시할 겸 자신이 가져온 과자를 모리사키에게 주기로 했다. 그러자 모리사키는 그것을 매우 자연스럽게 받아 두 사람 몫으로 나눴다.

모리사키는 영양가가 거의 없을 게 뻔한 아스나의 과자를 무시하는 행동을 하지 않았다. 자신이 가져온 휴대 식량과 아스나의 과자를 매번 둘이 함께 나눠 먹었다.

그 식사 시간도 아스나는 매우 즐거웠다.

혼자서 하는 식사만큼 맛없는 것은 없다.

그렇기에 아스나는 매끼를 모리사키와 함께하면서 마음이 평안해지는 한때를 보내는 듯한 느낌을 받았다.

또한 모리사키는 오랜 여행을 대비해서 침구(라고 해도 간단한 깔개이기는 했지만)를 가져왔는데, 그것을 자신이 쓰지 않고 아스나에게 줬다.

모리사키는 식사나 침구에 관해서 "너는 체력이 부족하니까 짐이 되면 곤란해"라고 했지만 그 말을 할 때마다 조금 멋쩍은 표정을 짓고 있었다. 아스나는 그 점이 이상해서 참을 수 없었다.

"그건 그렇고."

며칠이 지났을까, 아스나가 말하자 모리사키가 턱을 가볍게 움직였다.

모리사키의 이런 사소한 행동이 무엇을 의미하는지 아스나도 점점 알게 되었다. 이것은 발길을 재촉하는 것이다.

아스나는 하늘을 올려다보며 말했다.

"지하인데 왜 낮과 밤이 있을까요?"

"……흠, 확실히 그 말을 듣고 보니 그렇군."

모리사키는 그렇게 말하고 하늘을 올려다봤다.

"그 말을 하자면 애초에 하늘이 있는 게 신기하다는 것부터 말해야겠구나. 하지만 태양이 있는 것도 아니고 밤이 되어도 별이 안 보여."

"……그러고 보니 그러네요."

그럼 도대체 왜 낮과 밤이 있는 것일까?

아스나가 진지하게 고민하며 어렵다는 표정을 지었다.

"뭐, 아무튼 신들을 태운 배가 정말로 날아다니는 곳이니까."

모리사키로서는 보기 드물게 농담 섞인 말투로 대답했다.

물론 이해할 수는 없었지만 걱정해도 어쩔 수 없다고 결론을 내리기로 했다. 모리사키도 아마 마찬가지였을 것이다.

그런 식으로 일주일 정도가 순식간에 지나갔다.

/////

"선생님!"

그날, 그것을 발견한 아스나는 기쁨을 감추지 못한 목소리로 말했다.

"역시 마을의 흔적이 남아 있어요!"

지금까지는 사람이 있던 흔적은커녕 폐허라고도 부르기 힘든 유적처럼 보이는 것만 발견했다. 오로지 자연만 펼쳐지는 세계를 끝없이 걸어와서야 겨우 '황폐한 마을'이라고 부를 수 있는 곳을 찾았다.

석조 건물이 반 이상 제대로 남아 있었고, 사람이 살아도 이상하지 않지만 아무도 살지 않는 마을이었다.

"……너무 기대하지는 마라."

어디까지나 차분한 모습의 모리사키에게 신이 난 목소리로 아스나는 말했다.

"밭이 남아 있을지도 몰라요! 찾아보고 올게요! 따라와, 미미!"

사실 모리사키도 기대하지 않은 것은 아니었다. 하지만 식량은 아스나에게 맡기는 게 낫겠다고 판단했다. 모리사키는 마을의 집집마다 들어가서 서재가 없는지 찾아다니다 겨우 책 몇 권을 발견했다. 아가르타의 언어로 쓰인 책이라 그조차 완벽하게 해독할 수는 없었다.

그러나, 그래도.

"피니스 테라…… 그리고 생사의 문이라."

아가르타인에게 중요한 장소인 듯한 이 두 곳에 관한 정보를 얻은 것은 뜻밖의 행운이라고 할 수 있었다.

모리사키가 그런 식으로 이리저리 뒤지며 책을 읽고 있는데 기쁜 듯한 아스나의 목소리가 들려왔다.

"선생님! 이것 보세요! 오늘 밤은 진수성찬이에요!"

돌아보니 아스나가 양손에 감자……로 보이는 물체를 잔뜩 껴안고 있었다.

"……확실히 먹을 수 있을 것 같기는 하구나. 하지만 감자 종류에는 독이 있기도 하니까 만약을 대비해서……."

말하려고 했지만 걱정할 필요가 없었다.

"물로 독을 뺄게요!"

아스나가 평소 어머니의 부재로 요리에 익숙한 것은 큰 도움이 되었다.

모리사키는 밭의 진흙을 온통 묻힌 아스나를 보며 말했다.

"그리고 그 옷 말인데."

"선생님 옷도 엄청 더러워요. 나중에 빨아 드릴 테니 갈아입으세요!"

감자를 들고 뛰어간 아스나를 지켜보다 담배 연기를 내뿜으며 모리사키는 생각했다.

10년 전에 죽은 리사.

—만약에 그녀와의 사이에 아이가 생겼더라면.

"⋯⋯."

모리사키는 담뱃불을 난폭하게 껐다.

바보 같은 생각이다.

/////

그날의 저녁식사는 풀잎으로 싸서 찐 감자였다.

모리사키는 문헌을 탐독하며 한 입 먹더니 곧바로 책을 옆에 내려놓았다.

아무래도 책을 읽으면서 먹는 것이 미안할 정도의 맛이라고 판단한 듯해서 아스나는 기뻐서 어쩔 줄 몰랐다.

아스나의 생각대로 모리사키가 조금 멋쩍은 듯이 "맛있구나"라고 말해 줬다.

정말로 엄청 기뻤다.

목소리가 들뜨는 것을 참을 수 없을 정도였다.

"다행이다. 부엌에 소금도 조금 남아 있더라고요."

휴대 식량만 먹은 날과 비교하면 확실히 진수성찬이었다.

이론적으로 말하자면 염분을 섭취한 것이 다행이었다는 말이 된다.

그렇지만 그뿐만이 아니었다.

물론 모리사키와 함께 먹는 저녁식사도 즐거웠지만 자신

이 만든 요리를 누군가가 먹어 준다는 것은 더욱더 기쁜 일이었다.

기쁨이 얼굴로 드러났는지 모리사키가 아스나를 가만히 바라보며 말했다.

"의외야."

"네?"

"넌 이 여행이 즐거운 모양이구나."

아스나는 모리사키가 의외라고 생각한 것이 의외였다.

모리사키는 이 여행이 즐겁지 않은 것일까?

―그렇다면 도대체 나는 왜 이 여행이 즐거울까?

그것을 설명해야 할 것 같았다.

그렇다고 해도 "선생님과 함께 있어서 즐거워요"라는 말은 오해를 살 것 같아 차마 하지 못했다. 아스나는 아주 잠시 고민했지만 그러다 보니 말이 저절로 입 밖으로 나왔다.

그것이 거짓 없는 자신의 진심이라고 깨달은 것은 그 말을 하고 난 후였다.

"전 혼자서 라디오를 들으며 늘 어딘가 먼 곳으로 떠나고 싶었어요. 내가 있을 곳은 여기가 아니라 본 적 없는 어딘가일 거라고."

그런 건 사춘기 소년소녀라면 그 누구나 하는 생각이다······ 라고 느낄 수 있다고 아스나는 생각했다. 하지만 그렇지 않왔다.

그 '노래'를 들었을 때 머릿속에 떠오른 본 적 없는 풍경.

그곳으로 떠나고 싶었다.

"그러다 신비한 소년을 만났고, 그 애를 따라서 여기까지 왔어요……."

슌.

지금은 이미 이 세상에서 사라진 소년.

"아가르타에 온 뒤로 전 왠지 모르게 계속 가슴이 두근거려요. 그러니까 이 앞에 분명히!"

"……."

분명히.

무엇이 있는지는 명확하게 말할 수 없었다.

그래서 아스나의 말은 거기서 중단됐지만 모리사키는 딱히 아무 말도 하지 않고 조용히 식사를 계속했다.

/////

이 앞에 분명히.

자신이 찾는 것이 있다고 말하고 싶은 것일까?

─찾는 것이라.

모리사키는 생각했다.

10년 동안 계속 리사만 생각해 왔다.

얼마 남지 않았다.

이제 곧 리사를 만날 수 있다.

모리사키는 주머니 속의 오르골을 손가락으로 살짝 만져 봤다.

"……."

그것을 아스나가 눈치챘다고 느꼈기 때문일지도 모르겠다.

모리사키는 하늘을 올려다보며 말했다.

"별이 보이지 않는 밤은 불안하구나."

아가르타의 하늘에는 별이 없었다.

지하 세계라서 당연할 수도 있지만…….

태양이 없는 낮이 끝나고 지금은 하늘에 오로라 같은 것이 보였다.

신비한 광경이기는 했다.

"인간이 얼마나 고독한 존재인지 사무치게 느끼게 하는구나."

리사…….

모리사키는 다시 한번, 이번에는 입 속으로 중얼거렸다.

─이제 곧 당신을 만날 수 있어.

제
6
화

Children who chase
lost voices
from deep below

"신 카아난 프라에세스."

같은 시각.

카난 마을, 족장 사이에 신이 있었다.

화톳불을 피운 장엄한 분위기의 방, 가장 깊숙한 곳에 걸린 두 장의 현수막 사이의 의자에 노파가 앉아 있었다. 판초형의 의복을 몸에 깊숙이 두르고 그 얼굴에는 깊고 긴 연륜이 주름이 되어 새겨져 있었다. 그녀는 카난 마을의 최고 권력자인 '족장'으로, 양옆에는 예비 병사를 거느렸다.

"크라비스 회수는 일단 수고했다."

족장으로부터 몇 걸음 떨어진 곳에 한쪽 무릎을 바닥에 대고 진지하게 그 말을 받아들이는 신에게 족장은 계속 말했다.

"하지만 너는 실수를 저질렀다."

신은 갑작스러운 말에 깜짝 놀라 숨을 삼켰다.

―대체 무슨?

"지상에서 온 남성과 소녀가 크라비스를 갖고 생사의 문으로 향하고 있다."

의미를 이해할 수 없었다.

크라비스 회수라는 사명은 확실히 완수했다.

"하지만! 크라비스는 여기에!"

여기에 있다.

슌의 시신은 지상인이 회수해서 안치했지만, 아크엔젤이 엉망으로 만들기 전에 빼돌려서 자신이 불태웠다.

제 몸을 태우는 듯한 느낌과 함께.

그리고 슌의 시신에서 크라비스를 확실히 회수했다. 그 크라비스는 여기에 있다. 그렇다면…….

"그들은 또 다른 파편을 갖고 있었다."

"……!?"

신은 할 말을 잃었다.

그런 말도 안 되는 일이 있다니.

크라비스의 파편이라고? 그런 게 가능한가?

선택받은 자에게만 주어지는, 귀중하다는 말로 표현할 수 없을 만큼 귀중한 크라비스의 파편을 지상인이 갖고 있다는 것이.

족장은 쉰 목소리로 계속 말했다.

"너는 지상인들을 아가르타로 어이없이 불러들였다. 이는 큰 실수다."

"⋯⋯하, 하지만 제가 맡은 사명은!"

어디까지나 크라비스의 회수였고 그 사명은 확실히 완수했다.

그렇지만⋯⋯ 신의 말을 가로막은 것은 족장도 아닌 그 측근들이었다.

"변명하지 마라! 모두가 말해야 이해하겠나!"

"⋯⋯윽."

지상인을 아가르타로 불러들인 것이 자신의 잘못이라면, 크라비스를 놓친 것은 확실히 큰 과실이다. 그러나 자신은 크라비스의 숨결을 느낄 수 없다. 크라비스가 있는 곳을 마음대로 알 수 없는 자신이 무슨 일을 할 수 있단 말인가?

족장은 노래를 부르듯 다시 말을 계속했다.

"과거의 번영은 이미 옛말이며 지금 우리는 기나긴 황혼을 살아간다. 우리는 이대로 생명의 종착지인 아스트람에 녹아들기를 바라고 있지. 하지만 문이 한 번 열리면 지상인이 다시 아가르타에 들이닥쳐서 혼탁함이 평온함을 집어삼킬 것이다."

그것은 아가르타의 매우 쓰라린 역사였다.

과거, 무력 없이 지혜만 갖고 있던 아가르타에 공격해 들어

온 지상인들.

사람들은 충격을 받고 시해당하며 무력과는 다른 '힘'을 빼앗겼다.

"한때 우리가 받은 고통을 어설프게 잊을 수는 없다."

족장은 엄숙하게 말했다.

"참으로 한심한 일이다. 성인식을 앞두고 너는 아직도 눈을 뜨지 못했다. 케찰코아틀의 시야를 들여다볼 수도 없고 크라비스의 숨결도 느끼지 못했다. 네 형에게는 타고난 재능이 있었지만 숙업의 병 탓에 지상을 더욱 동경하게 되고 말았다."

―형은.

신은 생각했다.

형은 자랑스러운 형이었다.

고작 여섯 살의 나이에 케찰코아틀의 시야를 볼 수 있게 되어 사상 최연소로 '사명'을 받았다.

하지만……

어릴 때부터 병에 걸려서 죽음이라는 존재가 항상 곁에 맴돌았기 때문일지도 모른다.

형은 곧 또 다른 병에 걸리고 말았다.

어릴 때 형이 '선생님'에게 이어받은 병.

결과적으로 형을 죽음에 이르게 한 그것은……

'지상에 대한 동경'이었다.

—신, 지상에는 밤이 되면 하늘에 '별'이 보인대.

별?

응. 죽은 사람이 별이 되어 우리를 지켜본대.

죽은 사람이라니…… 아빠나 엄마도?

당연하지. 하늘에 반짝반짝 빛나 보여.

호오…….

별이 보이는 하늘은 얼마나 예쁠까?

…….

한 번이면 돼, 죽기 전에 한 번이면 되니까.

별이 빛나는 하늘을 보고 싶어…….

족장의 방을 나와서 돌층계 길을 걸어가는 신의 뒤를 한 소
녀가 쫓아왔다.

"신!"

긴 머리카락을 바짝 당겨 묶고 의식용 의상을 걸친 소녀였
다. 신은 그쪽을 보지도 않고 날카로운 말투로 말했다.

"세리, 임무 수행 중이잖아."

"잠깐은 괜찮아."

세리라고 불린 소녀는 그렇게 말하며 신의 앞을 걷기 시작했다.

신은 잠시 망설였지만 소꿉친구인 세리에게는 말해야 한다고 생각했다.

"……세리, 슌 말이야."

"알아."

신의 말을 끝까지 듣지 않고 세리가 말했다.

—아니면 '슌의 죽음'을 내 입으로 듣고 싶지 않을지도 모르지.

신은 조용히 중얼거렸다.

"……유감이야."

그러나 세리는 고개를 작게 가로저었다.

"아니야. 병이 악화됐다고 해도 슌은 아마 보고 싶은 것을 봤을 거야."

"……."

신은 대답하지 않았다.

그것에 대해서 이미 자신은 복잡한 감정을 지나치게 느끼고 있었다.

세리는 그런 신을 걱정스러운 듯이 바라봤다.

"신, 또 새로운 사명을 받았지?"

"응, 지상인들을 찾아서 크라비스를 빼앗아야 해."

신의 말에 세리는 한층 더 표정이 어두워졌다.

"……하지만 그건."

"죽이라고 하지는 않았어."

신은 세리를 안심시키기 위해서 웃어 보였지만, 바로 진지한 말투로 계속 말했다.

"그래도 필요하면."

거짓말을 하지 못하는 성격은 옛날부터 변함없었다.

세리는 비통한, 아니 거의 비명에 가까운 소리를 질렀다.

"그런 위험한 사명에 신 혼자 보내다니!"

"부모님이 돌아가신 후 우리 형제를 마을이 키워 줬잖아. 그 은혜를 갚아야 해."

그 말만 전하고 신은 세리에게서 등을 돌렸다.

"더 이상 임무에서 이탈하면 안 되잖아. 빨리 돌아가."

"……신."

그리고, 세리가 불러도 돌아보지 않았다.

자신의 집에 돌아오자 신은 단도를 꺼냈다.

칼집에 넣어 놓은 단도를 가만히 바라봤다.

―신, 선물이야.

순이 '마지막 사명'을 마치고 돌아온 날.

평소처럼 다정하게 웃으며 순이 준 것이다.

―언젠가 신이 사명을 받으면 필요할 거야.

새것이지만 쓰기 편하고 손에 익숙한 감각. 분명히 비싼 물건이었을 테지. 하지만 진심으로 가격 따위는 관계없었다.

순이 준 물건을 신이 보물로 여기지 않을 리가 없다.

더구나 그것이 최후의…….

신은 머리를 흔들었다.

지금은 감상에 잠길 때가 아니다.

순이라면.

순이라면, 이런 사명을 쉽게 완수해낼 것이 분명했다.

신은 긴 머리카락을 머리 뒤에서 아무렇게나 붙잡더니 단도로 거칠게 잘라냈다.

그리고 마구간으로 가서 애마를 타고 달려나갔다.

이제는 영원히 따라갈 수 없는 형의 등을 쫓아서.

/////

"자, 먹어라."

모리사키가 만들어 준 저녁은 역시 찐 감자였다.

그래도 당연히 불평하지 않았다. 먹을 것이 넉넉한 시대에 돌입했다는 요즘이기 때문에 잊어버릴 뻔했지만, 이 여행 덕택에 제대로 된 음식물을 먹을 수 있다는 것이 얼마나 행복한 일인지 실감했다.

"고맙습니다. 잘 먹겠습니다."

아스나가 감자를 받아들고 먹기 시작하자 모리사키도 한 입 먹은 후 "너도 먹을래?"라며 자신의 무릎 위로 올라온 미미에게 감자 조각을 줬다.

정말로 의외였다.

모리사키는 뭐랄까, 좀 더 매몰차다고 할까, 동물을 귀여워할 성격이 아니라고 생각했다. 그건 아마도 모리사키가 여행 초반에 말한 '끝까지 데려갈 수 없을지도 모른다'는 말에 기인했을 테지만.

"응? 왜 그래?"

아스나가 자신을 보고 있다는 것을 깨달은 모리사키가 이상하다는 듯이 물었다. 아스나는 감자를 갉아먹는 미미를 가리키며 "아니요, 어느새 미미와 친해지셨네요"라고 말하자 모리사키는 선뜻 대답했다.

"아, 여차할 때 고양이는 식량이 될 테니까."

"네?"

아스나가 깜짝 놀라 소리를 지르자 모리사키는 진심인지 농

담인지 알 수 없는 목소리로 "농담이야"라고 말했다.

……정말로 농담일까?

군대와 같은 알 수 없는 조직, 아크엔젤에 소속된 모리사키다. 여차할 땐 정말로 고양이도 먹는 게 아닐까?

잠시 고민했지만 모리사키가 그런 짓을 할 거라고는 생각하기 힘들었다. 물론 이 여행을 막 시작했을 때라면 이런 결론을 낼 수 없었을지도 모르지만.

"……."

아스나는 한동안 느릿느릿 감자를 먹었지만 갑자기 "선생님"하고 말했다. 가만히 있을 수 없었다. 하지만 용기가 필요했다.

아스나의 모습이 조금 이상한 것을 깨달았는지 모리사키가 의아하다는 표정을 지었다.

"뭐지?"

아스나는 무슨 이야기부터 하면 좋을지 망설였지만, 말을 꺼낸 이상 일단 해야 한다고 생각했다.

"우리 아빠는 일찍 돌아가셨어요."

모리사키는 감자 조각을 입에 넣으며 말했다.

"그리고 엄마는 진료소에서 일하시지? 늘 열쇠를 갖고 다니는 집 지키는 아이의 전형이지만, 그게 이 여행에 도움이 되는 것은 확실해. 고맙다고 해야겠구나."

"……고맙다니, 그런 말씀 마세요."

"아니야."

모리사키는 고개를 가로저었다.

"나도 혼자 지낸 지 오래됐으니까. 생활 능력은 있을 거야. 원래 아크엔젤에서 활동해서 야영 등의 경험도 풍부하지. 하지만."

감자 조각을 다시 미미에게 나눠줬다.

"뭐라고 해야 할까, 그래."

모리사키는 무슨 말을 해야 할지 망설인 듯했지만 잠시 생각하고 계속 말했다.

"그게 필요한지 어떤지는 잠시 접어 두자. 하지만."

거기까지 말하고 모리사키는 말을 한 번 끊었다.

"네가 없었으면 이 여행은 훨씬 더 험난했을 거야."

—네가 이 여행에 '여유'를 가져다줬지.

문득 이런 생각이 떠올랐지만 일부러 말하지 않았다.

왠지…… 리사를 위한 여행에 여유가 있으면 안 된다고 느껴졌기 때문이다.

"……미안하다. 내 이야기가 되고 말았구나. 아스나, 네 아버지 얘기를 하려고 했지?"

"아, 네, 맞아요."

아스나는 손 안의 감자를 바라봤다. 김이 나며 소금 알갱이가 표면에 붙은 거친 요리였다……. 아스나가 만들어도 비슷할 터이지만.

"전 아빠에 대해서 잘 몰라요. 아빠가 불러 준 자장가 정도만 기억나고, 그것 이외에는 거의 기억하지 못하거든요."

"흐음."

모리사키가 시선으로 재촉하자 아스나도 숨을 한 번 쉰 뒤 말했다.

"선생님은……."

그 뒷말은 단숨에 할 수밖에 없었다.

"그래."

흥분해서 목소리가 높아졌지만 다시 말했다.

"……아빠가 있다면 이런 느낌이 아닐까 싶어요."

목소리가 서서히 작아져서 끝말은 오므라드는 풍선처럼 사라졌다.

"……."

모리사키가 매우 의외라는 듯한 표정을 지었다.

그리고 자신의 생각과 함께 내뱉듯이 말했다.

"……바보 같은 소리."

/////

그날 밤, 모리사키는 꿈을 꿨다.

모리사키가 열이 나서 몸져누웠을 때의 꿈이었다.

침대 옆에는 검고 긴 머리의 리사가 있었고, 가만히 태엽식 오르골을 울렸다.

"별일이네요. 당신이 열이 나다니."

모리사키가 깬 것을 알아채고 리사가 말했다.

"쓰러지는 건 늘 내 담당인데."

"미안해……."

모리사키가 말하자 리사는 쿡쿡 웃었다.

"미안하면 약속 하나 해줄래요?"

"……무슨 약속."

"내가 죽은 후에도 버젓이 잘 살아가겠다고."

이제 와서 깨달았다.

그때 리사는 이미 자신의 죽음을 각오하고 있었다.

아니…….

각오하지 못한 것은 어쩌면 모리사키뿐이었을지도 모른다.

"리사…… 다음 임무는 금방 끝날 거야. 돌아오면 함께 우리 나라로 가자. 그렇게 하면 당신 병도 분명히."

"그런 얘기가 아니에요."

모리사키의 말을 가로막은 다정한 목소리.

"사람은 누구나 언젠가 반드시 죽어요."

별을 쫓는 아이

127

리사는 오르골을 책상 위에 올려놓았다.

알약이 대량으로 들어 있는 종이봉투 옆에.

"차이는 그 시기가 이르냐 늦느냐 뿐이죠."

그런 말은 듣고 싶지 않았다.

"그리고 난 당신보다 그 시기가 조금 빠른 거고."

하필이면 당신의 입에서.

"그건 이미 정해진 일이에요."

모리사키는 한없이 진지한 눈으로 리사를 바라봤다.

"리사…… 그렇지 않아. 당신은 사라지지 않을 거야. 나도 당신 앞에서 사라지지 않을 거고."

그리고 다정하게 손을 잡았다.

"……난 당신이 없는 삶을 준비하지 않을 거야. 절대로."

/////

그 무렵 아스나도 꿈을 꿨다.

일전에 딱 한 번 들었던 음악에 관한 꿈이었다.

오부치의 고원에서 기분 좋은 봄바람을 맞으며 라디오를 켜자…….

귀에 들어온 음악.

그 음악을 듣는 순간 아스나의 눈앞에 아가르타의 대지가 펼쳐졌다.

기억과 기억의 결합.

이제야 알았다.

"그렇구나…… 내가 라디오를 들으면서 봤던 풍경은 아가르타였어."

그렇게 중얼거린 아스나의 옆에는 슌이 앉아 있었다.

그때와 똑같이 다정한 미소를 띠며.

슌은 일어서서 아스나에게 손을 뻗었다.

"가자, 아스나. 이별을 알기 위한 여행이야."

아스나는 슌의 손을 잡고 일어섰다…….

"일어나! 아스나!"

갑작스러운 목소리에 잠에서 깼다.

상황을 이해할 수 없었다.

눈앞에는 모리사키가 있었고 옆에서는 미미가 날카로운 눈빛으로 전방을 노려봤다.

전방.

아스나가 몸을 일으키며 바라본 곳에는 괴이하게 생긴 괴물들이 있었다.

케찰코아틀과는 다르다고 아스나는 순간적으로 생각했다.

무슨 차이가 있냐고 하면 대답하기 곤란하다. 곤란하지만 아무튼 케찰코아틀은 아니었다.

온몸이 회색이고 다리가 여섯 개…… 아니, 네 개였다. 네 다리로 땅에 서서 두 팔을 이쪽으로 유도하는 자세를 취하며, 빨갛게 반짝반짝 빛나는 눈동자 없는 눈으로 이쪽을 바라봤다.

그런 괴물들이 주위를 에워쌌다.

"아스나, 도망치자!"

대답할 수 없었다. 모리사키가 손을 잡아당기며 달리기 시작했고 어깨에 미미가 올라탔다. 회색 괴물들은 행동이 느렸지만 확실히 아스나 일행을 쫓아왔다.

초원을 지나 바위를 오르며 폐허 속을 빠져나왔다.

도대체 얼마나 되는 거리를 달렸을까?

마침내 그때가 왔다.

"아스나, 달려!"

"……윽."

모리사키에게 팔을 잡힌 상태로 오로지 달렸다.

이제는 달린다는 생각도 없이 그저 앞으로 나아갔고 넘어지지 않도록 다음 발을 내딛으며 비틀비틀 달렸다.

그러나 매우 평범한 소녀와 아크엔젤에서 활동해 온 남성 사이에는 체력이라는 결정적인 차이가 있었다. 그래도 아스나는 힘을 냈다. 하지만…….

아스나를 앞으로 잡아당기려고 하는 모리사키의 뒤에서 아스나가 돌에 걸려 넘어졌다.

괴물들은 그 순간을 놓치지 않았다.

덤벼든 한 괴물이 휘두른 손이 아스나와 모리사키의 손을 떨어뜨리고 말았다.

그렇게 되자 형세가 조금씩 바뀌었다. 두 사람 사이를 무수히 많은 괴물들이 가로막았다.

"아스나!"

모리사키는 허리의 권총을 뽑아서 발포했다.

그렇지만 괴물들에게는 별 효과가 없었다. 총을 맞고 부상을 입은 것처럼 보여도 어느새 원래대로 총알구멍이 막혔다.

"도망쳐! 빨리!"

모리사키의 목소리를 들으며 아스나는 다시 달렸다.

제
7
화

Children who chase
lost voices
from deep below

모리사키는 곧바로 이변을 알아챘다.

괴물들이 몰려오지 않았다.

—아니야…….

그렇다기보다.

애초에 모리사키는 시야에 들어오지 않는다는 듯이 괴물들은 아스나를 쫓아갔다.

—어떻게 된 일이지? 나와 아스나의 차이……. 혹시 아스나가 크라비스 파편을 갖고 있는 것과 무슨 관계가 있는 건가?

모리사키는 생각했지만 그래봤자 해결될 문제도 아니었다.

일단 지금은……. 손 안의 권총을 의식했지만 이것이 효과가 없었던 것이 생각났다.

—이런, 아크엔젤의 자료에 기록이 없었나? 어서 생각

해내…….

아크엔젤은 아가르타 세계의 존재를 알고 있었지만 사진이 발명된 후 아가르타에 들어간 적이 있는 인간은…… 아니, '아가르타에 들어가서 나온 인간은' 없었다. 케찰코아틀의 경우도, '지상'에 남아 있는 존재에 대한 자료는 있었지만, '지하'에 있는 생물에 관해서는 자세한 기록이 없었다.

—온몸이 회색, 빨갛게 반짝반짝 빛나는 눈, 날카로운 손톱…… 그렇다면.

짐작이 가는 것은 한 가지뿐이었다.

—이족……인가?

지상과 아가르타의 교류를 원하지 않는 세계의 일부인 일족. 그 이름은 이족이라고 했던 것 같다. 그리고 약점은 물과 빛. 하지만…….

—그런데 왜 아스나를?

아무리 생각해도 명쾌한 답이 떠오르지 않는다. 물이라면 귀중하기는 하지만 음료수가 물통에 들어 있었다. 얼마나 효과가 있을지 모르겠지만 무기가 될 수 있을 것이다. 그러나…….

—대체, 아스나는 어디로 갔지?

아무튼 움직이지 않으면 아무 소용없다. 모리사키는 달리기 시작했다.

―이족을 찾아야 해. 거기에 아스나가 있을 거야.

어둠 속, 모리사키는 조금 전 온 길을 되돌아갔다. 폐허를 지나 바위 밑으로 내려가서 초원으로…… 아니, 그곳은 강변이었다. 인간의 방향 감각은 그렇게 쉽게 믿으면 안 된다는 것을 통감했다.

하지만 지금 그런 것은 상관없었다. 일단 이족이 먼저다. 빨간 빛을 찾아야 한다.

그렇게 생각하고 주위를 둘러보니…….

―찾았다―!

모리사키는 평소처럼 총을 손에 쥐었다가 그게 아니라고 다시 생각을 고쳤다.

무기는 물통이다.

기가 막히고 미덥지 않게 느껴졌지만 지금은 이것을 믿는 수밖에 없었다. 그리고 이족을 향해 접근을…….

그때 들려온 목소리에 모리사키는 강렬한 위화감을 느꼈다.

"으아아아앙!"

확실히 초등학교 저학년 이하의 아이가 내는 울음소리였다.

―뭐지……?

그리고 곧 깨달았다.

강 한가운데에 한 소녀가 주저앉아 있었다.

일부러 그렇게 한 행동인지 잘 모르겠지만 모리사키는 소녀가 그 덕에 살았다고 생각했다. 이족이 상대라면 강 한가운데는 안전할 것이다.

그런데…….

―이런 곳에 왜 아이가 있지……?

지금 아스나를 도우러 가야 한다.

가야 하지만…… 저 아이를 내버려둘 수도 없었다.

모리사키는 혀를 작게 차며 소녀에게 다가갔다.

/////

어느샌가 아스나는 유적처럼 보이는 장소에 와 있었다.

거기까지는 괜찮았다. 그런데 통로가 막혀 있었다. 아스나는 절망감에 현기증이 날 것만 같았다.

어딘가로 나아갈 수 없는지 필사적으로 찾아봤지만 길은 보이지 않았고 괴물들이 천천히 주위를 둘러쌌다.

이젠 틀렸다고 아스나는 생각했다. 죽음을 각오했다.

괴물의 손이 아스나를 붙잡으려고 했다. 그때.

"아스나!"

상공에서 날아온 그림자가 단도를 휘둘러 그 손을 잘라냈다.

"도망치자! 달려!"

통로에 북적이는 괴물들 속으로 신이 쳐들어가서 길을 텄다.

아스나는 상황을 이해하지 못한 채 그 뒤를 따랐다.

"너는…… 신이야?"

아스나가 말하자 신은 어딘지 만족스럽게 웃었다.

"이번에는 맞췄군."

일단 괴물들과의 사이를 벌리고 계단을 내려가며 신이 설명했다.

"여긴 이족의 소굴이야."

"이족?"

"놈들은 네가 부정한 피라며 죽이고 싶어 해. 그러니 어서 도망가야 해!"

"여기에 있는 것을 어떻게 알았어? 네가 그렇게 떠난 후 난 너를 따라서 아가르타까지 왔어."

"하나도 달갑지 않아!"

"뭐야, 난 너를 다시 한번……."

"쓸데없는 소리 말고 달리기나 해! 놈들이 쫓아오고 있어!"

"달리고 있어!"

아스나는 큰소리를 치며 있는 힘을 다해 달렸다.

"신, 쫓아왔어!"

"그래, 놈들은 빛과 물에 약해. 강에 제대로 도착하면 좋겠는데."

그리고.

"이런!"

땅이 갑자기 그곳에서 끊어졌다.

그 앞에 있는 것은 낭떠러지뿐이었다.

"……아스나."

또다시 이젠 끝이라고 생각한 아스나는 신이 외치는 소리에도 대답하지 못했다.

그 순간만은.

"크라비스 파편을 갖고 있지?"

"……응."

고개를 끄덕이자 신은 히죽 웃었다.

"무사히 끝나면 내게 넘겨줘야겠어."

그렇게 말하자마자…… 신은 언젠가와 똑같이 아스나를 껴안고 뛰어내렸다.

"꺄악?"

아득히 먼 아래쪽에는 강이 흘렀다.

바위와 바위 사이를 아슬아슬하게 피해 가며 두 사람은 강으로 떨어졌다.

높디높은 물기둥이 생겼다.

/////

"아스나! 어이, 아스나!"

누군가가 불렀다.

온몸이 나른해서 이대로 잠들고 싶었다.

하지만 자신을 부르는 소리가 쉴 새 없이 계속 이어졌다.

"아스나!"

하는 수 없이 아스나는 눈을 떴다.

거기에는 매우 근심스러운 표정을 한 모리사키의 얼굴이 보였다.

"……모리사키, 선생님?"

"정신 차려!"

그렇게 말하며 모리사키는 아스나의 몸을 일으켰다.

자신이 있는 곳이 강 근처고, 이미 해가 떴으며 온몸이 흠뻑 젖은 것을 아스나는 겨우 깨달았다.

"꼬맹이가 없었으면 위험할 뻔했다…… 고맙다고 해."

"……꼬맹이요?"

모리사키가 시선으로 가리킨 곳에는 미미가 아스나를 가만히 바라보며 앉아 있었다.

"저 녀석이 안내해 줬거든."

"……그 아이는?"

아스나는 모리사키가 업고 있는 소녀를 발견하고 물었다.

"이 아이도 그 괴물에게 쫓기고 있었어. 어쩌다 보니 도와주

게 됐다."

그렇게 말하고 쑥스러움을 감추려는지 모리사키는 가운뎃손가락으로 안경을 밀어 올렸다.

"아무튼 불을 피워야겠다. 몸을 따뜻하게 해라."

모닥불 앞에 앉아 커피 컵에 찰랑찰랑 부은 뜨거운 물을 받고 나서야 아스나의 의식이 겨우 확실해졌다.

"그래서, 그 애가 크라비스를 넘기라고 했다고?"

아스나는 어젯밤에 일어난 일을 모리사키에게 알렸다.

모리사키는 깊은 생각에 잠긴 듯이 입가에 손을 댔다.

"너나 이 아이를 습격한 놈들도 그렇고 우리는 환영받지 못하는 존재인 모양이다."

그렇게 말하며 완전히 기력을 회복해서 미미와 장난치고 있는 소녀에게 시선을 돌렸다.

"이 아이도 어떻게 해야 할지."

그러자 소녀는 자신이 화제에 오른 것을 알았는지 모리사키에게 다가갔다. 말을 못하는 모양인지 우물거리며 먼 곳을 손으로 가리켰다.

"하류 말인가……."

모리사키가 말했을 때였다.

"크윽……."

작은 비명이 들리고 아스나는 그제야 신을 바위 그늘에 눕혀 놓은 것을 알아차렸다. 어깨에서 가슴에 걸쳐 살이 찢어져 있었다.

무심코 시선을 피하다가 문득 지금은 그럴 때가 아니라고 생각했다.

"신!"

이름을 부르며 다가갔다. 상처가 심각했다.

"……그러고 보니 이쪽이 아직도 누워 있었군."

모리사키가 다가가자 신은 고통으로 얼굴을 찡그리며 벌떡 일어났다.

"아! 네 놈은!"

그렇게 말하며 단숨에 모리사키와의 간격을 좁혔다.

"아크엔젤!"

모리사키의 세 걸음 앞에서 멈춰 서서 단도를 손에 쥐고 신은 말했다.

아스나는 다친 신이 걱정스러운 마음과 두 사람의 다툼을 막고 싶은 마음이 굴뚝같았지만, 뭐라고 말을 걸어야 할지 몰라서 결국 아무 말도 할 수 없었다.

신은 적개심을 드러낸 목소리로 말했다.

"크라비스를 갖고 있지? 그걸 놓고 아가르타를 떠나!"

"왜지?"

모리사키가 조용히 물었다.

"이유 따위 알 게 뭐야! 그게 내 사명이야!"

신은 머리를 흔들며 그렇게 외치자마자 단숨에 남은 세 걸음을 뛰었다.

"크라비스를 내놔!"

그러나 그 움직임이 너무나도 둔했다. 모리사키는 단도의 일격을 가볍게 피하더니 어느샌가 손에 쥐었던 총으로 신의 목 부분을 후려쳤다. 신은 쉽게 지면에 쓰러져 엎드렸다.

"신!"

신에게 달려간 아스나는 모리사키를 노려봤다.

하지만 모리사키는 그것을 신경 쓴 기색도 없이 말했다.

"이 아이가 가리킨 방향으로 가 보자. 마을이 있을지도 몰라."

아스나는 이것만큼은 양보할 수 없다고 생각해서 단언했다.

"신도 데려갈래요."

"……마음대로 해."

모리사키는 가방에서 붕대와 소독약을 꺼내 아스나에게 던져 줬다.

아스나는 신의 상처를 소독하고 붕대를 꽉 감으며 생각했다.

—그러고 보니 슌의 팔에도 스카프를 감아 줬었지…….

/////

신이 타고 온 말은 꽤 쓸모가 있었다.

주인에게 충실한 말인지 정신을 잃고 쓰러진 신의 옆을 떠나지 않았다고, 모리사키가 말했다. 말이 영리한 동물이라는 것은 아스나도 알고 있었지만, 그 정도까지라고는 생각하지 않았기에 조금 놀랐다.

말의 등에 정신을 잃은 신과 소녀를 태우고 모리사키와 아스나는 강 하류로 걸어갔다.

몇 시간쯤 걸어서 슬슬 피로가 심해지려던 찰나 눈 아래쪽에 강과 벽으로 둘러싸인 마을이 펼쳐져 있는 것이 보였다.

그 마을은 아가르타에 온 후 여태껏 봐 온 폐허와는 확연히 달랐다.

줄지어 선 목조 주택들에서는 밥을 짓는 것인지, 아니면 난방을 위해서인지 사방에서 연기가 피어올랐고, 풍력을 이용해서 뭔가 하는 듯한 거대한 풍차가 움직이는 모습을 엿볼 수 있었다. 외벽 앞쪽에는 논밭이 펼쳐졌고, 그곳에서 사는 사람들의 숨결을 확실히 느낄 수 있었다.

"사람이 있어요……."

아스나의 중얼거림에 모리사키도 고개를 끄덕였다.

"처음으로 사람이 사는 마을이 나왔군. 조심해서 가 보자."

두 사람이 말을 끌며 마을에 다가가자 밭에서 일하던 사람들이 시선을 멈추며 황급히 마을 안으로 들어갔다. 뭔가 분주히 움직이는 기색이 느껴졌는데 아무래도 평온무사하지는 못하겠구나 싶었다.

그리고 그 예감은 보기 좋게 적중했다.

곧 마을 안쪽에서 힘센 남자 셋이 말을 타고 이쪽으로 달려왔다. 똑같은 흰 망토를 두른 모습을 보아하니 자경단 같은 조직에 속한 사람들이거나 마을의 신분 높은 사람일지도 모른다.

남자들이 다가오자 마을 사람들은 모두 길을 비켰다.

"모두 물러나시오!"

그리고 남자들의 말을 따라서 마을 사람들이 외벽 안쪽으로 들어갔다.

아스나와 모리사키는 정면에서 걸어갔다. 그때 소녀가 말에서 뛰어내려 남자들 쪽으로 기쁜 듯이 달려갔다.

그 모습을 보고 남자들이 소곤거리며 대화를 나눴지만 아스나에게는 들리지 않았다. 그 대신에 "멈춰라!"라고 일갈하여 아스나 일행은 그 자리에 멈춰 섰다.

대표 격인 듯한 남자가 아스나 일행에게 천천히 다가왔다.

모리사키가 아스나와 말을 감싸며 한발 앞으로 나왔다.

남자는 위엄 있는 목소리로 말했다.

"아이를 마을에 데려다준 것에 감사를 표한다. 하지만 너희들은 지상인이다. 아모로트 마을은 지상인을 받아들일 수 없다. 부디 돌아가 주기 바란다."

아무래도 모리사키는 무슨 말을 해야 할지 망설인 듯했는데, 아스나는 이것만은 어떻게든 해야 할 것 같아서 말 위에 누운 신을 가리키며 용기를 내서 말했다.

"그럼 이 소년만이라도 봐주실 수 없나요? 다쳤는데 열이 있어요."

그러자 남자들이 작은 목소리로 소곤거리는 소리가 들렸다.

"……카난 마을 사람이야."

"왜 아가르타인이 지상인과 함께 있지?"

그러자 대표인 남자가 검을 뽑아 들고 외쳤다.

"안 된다! 돌아가라!"

—제발, 잠깐만요!

아스나가 더 말하려 하자 모리사키가 고개를 가로저으며 떠나려고 했다.

"잠깐 기다려라!"

그때 한 노인이 말을 걸어왔다.

긴 수염을 기른 백발의 노인이 소녀를 다정하게 안아 올렸다.

"마나, 잘 돌아왔다."

그런 뒤 남자들 옆에 나란히 서서 아스나 일행에게 말했다.

"마을 사람들의 무례를 용서하시게. 손녀를 구해준 보답을 하고 싶네만."

"하지만!"

그렇게 외친 남자에게 노인은 온화하게 말했다.

"딱 하룻밤일세. 내 체면을 떨어뜨릴 겐가?"

"……."

남자는 떨떠름한 모습이기는 했지만 검을 칼집에 도로 넣었다. 그리고 곧바로 물러갔다.

"이쪽으로 가지. 마을을 지나가기에는 자네들이 너무 눈에 띈다네."

노인은 아스나 일행을 자신의 집으로 안내했다.

널따란 집에 도착하자 노인은 먼저 신의 상처를 치료했다. 노인의 집에는 온갖 약의 원료, 라고 생각되는 것이 있었다. 노인은 그것들을 갈아 으깨서 혼합한 액체를 신의 상처에 정성껏 발랐다.

"열은 곧 내릴 거다. 움직이려면 시간이 좀 걸리겠지만 죽지는 않을 테니 너무 걱정하지 말거라."

아직 괴로운 듯이 숨을 쉬는 신을 보며 아스나는 안도의 한숨을 쉬었다.

"다행이다…… 할아버지 덕택에 살았어요."

진심으로 그렇게 생각했다.

이 할아버지가 없었으면 이 마을에 들어오지도 못했다. 편의를 봐준 데다 상처 치료까지 정성껏 해 주었다. 감사 인사를 몇 번이나 해도 부족한 기분이 들었다.

"이족에게 당한 상처지?"

"……아마도요."

"빛과 물을 싫어하는 저주받은 종족이지만 현 세계의 모습을 그대로 지키려고 하는 장치 중 하나이기도 하지. 그래서 놈들은 '뒤섞인 존재'를 증오한단다."

"뒤섞인 존재…… 그럼 그 아이는."

모리사키가 말하자 노인은 고개를 끄덕였다.

"마나의 아빠는 지상인이네. 이런 일도 아주 드물게 일어나곤 하지."

"……시험해 본 겁니까?"

모리사키가 예리한 눈빛으로 노인을 바라봤다.

노인은 천천히 고개를 다시 끄덕였다.

"물론 나는 원치 않았지."

"네? 무슨 말이에요?"

아스나는 상황을 이해할 수 없었다. 두뇌 회전은 아스나도 빨랐지만 모리사키는 경험과 체험이 뒷받침되었다. 통찰력의 수준이 다른 것이다.

모리사키는 집게손가락으로 안경을 밀어 올리며 말했다.

"어제 유적처럼 보이는 장소에서 마나를 발견하고 보호했어. 생각해 봐. 우리가 여기에 도착하기까지 몇 시간이나 걸었지? 어린아이가 혼자서 길을 잃고 헤맬 장소가 아니야."

거기까지 듣고 아스나도 짐작이 갔다.

마음이 무거워져서 "……그렇다면" 하고 중얼거리자 모리사키가 고개를 끄덕였다.

"그래. 이족이 나타나는 곳에 일부러 데려다놓고 무사히 돌아오는지 시험했을 테지. 이 세계가 인정하는 존재인지 테스트하기 위해서."

노인은 긍정도 부정도 하지 않았다.

"따라오게."

이 말만 하고 방을 나갔다.

목조 건물인 노인의 집은 매우 넓었고 사방에 민속적인 문양의 직물과 뭔가가 장식되어 있는 모습이 인상적이었다. 아가르타 문화라고 해도 좋을지 모르겠다.

"지상인의 방문은 우리에게 좋은 징조가 아니라네."

아스나와 모리사키의 앞을 걸으며 노인이 계속 말했다.

"옛날 지상의 왕이나 황제들은 수백 년에 걸쳐 아가르타에서 부와 지혜를 끊임없이 빼앗아 갔지. 왕들이 지상을 지배하려면 아가르타의 지식과 보물이 필요했기 때문이야. 그 대신에 그들은 셀 수 없이 많은 전쟁을 가져왔어. 지상의 어느 곳보다도 웅장하고 아름다웠던 도시는 다 멸망했고 아가르타인도 점점 줄어서 이젠 마을 몇 군데만 남았지. 그래서 우리는 크라비스를 이용하여 지상에서 들어올 수 없도록 문을 잠가 버린 거라네."

노인은 사려 깊은 눈빛으로 모리사키를 보며 말했다.

"내 서재로 안내하지."

그리고 아스나를 봤다.

"아가씨는 저기서 저녁 준비를 도와주겠나?"

"……네."

솔직히 아스나도 노인의 이야기를 좀 더 듣고 싶었지만 자신에게 기분 좋은 이야기는 아닐 것 같았다. 그렇다면 이야기를 듣는 것보다 요리라도 하며 기분을 전환하는 편이 좋을 수도 있다.

그렇게 생각하며 노인이 알려 준 방으로 들어가자 마나라는 소녀가 콩꼬투리를 따고 있는 참이었다. 언제 이 집에 들어왔는지 소녀의 옆에 있던 미미가 어깨에 올라탔다.

"아아!"

마나는 아스나에게 달려오더니 손을 잡고 테이블로 향했다.

요리는 기본적으로 지상과 비슷했다.

가장 먼저 한 작업은 무슨 고기와 채소 다진 것을 만두피처럼 생긴 것으로 싸는 일이었고, 다음에는 큰 뿌리라고 불리는, 무를 닮은 채소 써는 일을 부탁받았다. 둘 다 아스나의 손에 익은 작업이었다.

"이 녀석, 안 돼, 미미!"

아스나가 벗긴 무 껍질에 흥미가 생겼는지 미미가 장난을 쳤다. 그 행동을 가볍게 나무라자 언제 방으로 돌아왔는지 노인이 쾌활하게 웃었다.

"야도리코가 지상인을 이 정도로 잘 따르는 건 처음 보는구나."

"야도리코? 고양이 말인가요?"

아스나가 묻자 노인도 채소 껍질을 벗기며 말했다.

"신(神)의 아이가 깃든 동물이지. 사람과 함께 자라며 사명을 완수한 후에는 케찰코아틀의 일부가 되어 영원히 산단다."

"신……."

아스나는 그럴 리 없다고 생각했다.

미미는 아스나가 어릴 때부터 함께 자라 온 고양이였다. 잘못 보면 귀가 조금 뾰족해서 여우인 줄 착각하는 정도인데, 신이라니 말도 안 되는 소리다.

"좋겠네, 미미. 그런 대단한 동물과 착각할 정도로 닮았다니."

미미는 야옹 하고 대답했다.

"그럼."

노인은 냄비를 불 위에 올린 후 마나를 안아 올렸다.

"요리가 다 되기 전에 마나를 목욕시켜 주겠니?"

아스나의 얼굴이 놀람과 기쁨이 뒤섞인 표정으로 바뀌었다.

"목욕이요?"

/////

신기하게도 아가르타의 욕실은 일본식과 똑같았다. 돌로 만든 욕조에 뜨거운 물을 채운 것으로, 약초 같은 것을 띄워 놓은 것 외에는 아스나가 평소에 사용하는 욕실과 큰 차이가 없다고 해도 좋았다.

"후우우우."

어깨까지 탕 속에 담그고 숨을 깊이 내쉬자 아가르타에 온 후 긴 여행길에서 쌓인 피로가 가시는 느낌이 들었다.

"목욕은 참 대단해."

"?"

아스나가 말하자 마나가 어리둥절한 표정을 지었다.

그 얼굴을 보며 아스나가 웃었다.

"생명의 세탁이라는 기분이 들어."

이런 말을 해도 마나는 아직 잘 모르리라.

아스나는 그렇게 생각했다.

세계에는, 지상 세계에는 목욕하는 습관이 없는 나라도 있다고 들었다. 그런 나라에서 태어나지 않아 정말로 다행이라

고 생각했다. 목욕은 몸과 마음을 동시에 치유해 준다. 확실히
부교감신경이 어떻다는 이야기도 들은 적이 있지만 그런 내용
은 솔직히 말해서 잘 모르겠다.

"그럼 마나를 씻겨 줘야지."

아가르타식 비누를 사용해서 마나와 자신의 머리를 감고 몸
을 씻었다.

몸을 충분히 따뜻하게 한 후 노인이 준비한 아가르타 양식
의 옷으로 갈아입었다. 티베트의(아마 아스나의 기억이 틀리지 않
았다면) 민속 의상과 비슷한 낙낙한 느낌의 간소한 천으로 만
든 옷이었다. 지금까지는 강물로만 빨았던 옷을 드디어 세제
와 같은 것을 사용해서 빨 수 있어서 옷은 전부 말리기만 하면
되었다.

그때 아스나가 옷 갈아입는 것을 못 기다리겠는지 마나가
몸도 제대로 닦지 않고 탈의실에서 뛰어나갔다.

"마나, 기다려!"

마나를 쫓아서 거실을 통과하려고 하다가 아스나는 모리사
키와 부딪칠 뻔했다.

"아, 선생님."

아스나는 신이 나서 빙글 돌아 보였다.

"어때요? 이 옷, 할아버지가 빌려주셨어요."

아스나도 소녀였다. 한동안 완전히 '일상'이 되어버린 꾀죄

죄한 모습에서 벗어나 깨끗해지고 새 옷까지 입고 나니, 누군가 칭찬해 주기를 바랐다.

하지만 모리사키는 잠시 신기한 것을 보는 듯한 눈으로 아스나를 바라보며 "어울린다고는 못하겠구나"라는 말만 남기고 그 자리를 떠났다.

"······그게 뭐야."

제
8
화

Children who chase
lost voices
from deep below

아스나가 목욕 후 한숨 돌릴 무렵에는 저녁식사가 다 되어 있었다.

가지런히 놓인 밥그릇과 접시들을 보고 감동한 것도 당연했다. 요 며칠 식사는 모닥불을 둘러싸고 나뭇잎을 그릇으로 사용하는 정도가 고작이었다. '제대로 된 요리'는 그 자체만으로 진수성찬이라고 생각했다.

"잘 먹겠습니다!"

더는 참지 못한 아스나가 말하며 고기 경단처럼 생긴 음식을 입에 넣고 밥그릇에서 밥을 쓸어 넣듯이 먹었다.

맛있다. 이 세상에 이보다 더 맛있는 음식은 없을 거라고 느껴졌다.

자기도 모르게 눈꼬리에서 눈물이 흘러나왔다.

"……먹으면서 울지 마."

모리사키가 어이없다는 듯이 말했지만 아무리 그래도 너무나 맛있어서 어쩔 수 없었다. 아스나는 채소를 입에 넣으며 "맛있는 걸 어떡해요"라고 대답한 후 식사를 계속했다. 모든 음식이 정말로 맛있다.

그런 아스나를 무시하고 모리사키는 차분한 모습으로 음식을 삼키며 말했다.

"어르신."

식사하는 소리만 이어지던 실내에 한순간 침묵이 흘렀다.

"……."

"아까 제가 한 질문에 대한 답을 듣고 싶습니다."

─아까 한 질문?

잠시 아스나가 생각하자 노인은 대답했다.

"아가르타에서 죽은 자의 부활은 금지되어 있네."

죽은 자의 부활.

맞다, 그러고 보니 잊을 뻔했지만…… 우리는 그 목적 때문에 이렇게 힘든 여행을 계속했던 것이다. 그것을 잊을 뻔하다니 어쩌면 이렇게 바보 같을까.

모리사키는 예리하게 말했다.

"금지되어 있다는 것은 가능하다는 뜻이군요."

확실히 그렇다고 아스나도 생각했다. 불가능한 일이라면 애초에 금지할 이유가 없다. 가능하니까 금지된 것이다.

죽은 자의 부활을.

―슌을 되살릴 수 있을까?

아스나는 기대와 불안을 가슴에 품고 노인이 말하기를 기다렸다.

노인은 차를 찻잔에 따르며 말했다.

"삶도 죽음도 더 큰 흐름의 일부일 뿐일세. 흐름을 거스르는 짓은 인간에게 허락되지 않아. 그건 아무도 행복하지 않다네."

그러나 모리사키는 그런 말로 물러나지 않았다.

당연한 행동이라고 아스나는 느꼈다.

모리사키는 지난 10년간의 노력의 결실을 맺기 위해, 이곳에서 꼬리 끝이라도 붙잡고 싶을 것이다.

"누구에게 허락을 구해야 한다는 말입니까? 그런 도덕적인 말들은 지상에도 넘쳐납니다! 제가 알고 싶은 건 잃어버린 사람을 어디서 어떻게 다시 만날 수 있는지, 그것뿐입니다!"

노인은 잠시 눈을 감았다.

아스나에게도 매우 무거운 침묵의 시간이었다.

이윽고 노인은 고개를 들며 말했다.

"죽은 사람을 애도하는 것은 옳지만 연민에 빠지는 것은 잘못일세. 자네는 자신의 잘못된 집착에 이 철모르는 소녀까지 끌어들였어."

"아스나는 자신의 의지로 여기에 온 겁니다!"

"아, 그게!"

두 사람의 말다툼에 아스나는 억지로 끼어들려고 했다.

"저는⋯⋯."

그러나 쓸데없는 노력으로 끝났다.

모리사키가 계속 말했다.

"당신들은 그런 식으로 어떤 존재만 올려다보며 2천 년 동안 이 땅굴에 틀어박혀 있었어! 그러니 멸망하는 거야!"

"⋯⋯."

노인은 잠시 생각에 잠긴 듯하다가 갑자기 아스나에게 말했다.

"아가씨, 미안한데 소년의 상태를 보고 와 주겠나?"

자리를 비켜 달라는 뜻이라는 것 정도는 아스나도 알았다.

자신도 이야기를 듣고 싶기는 했다.

하지만 그런 행동은 버릇없어 보일 것이다.

"다녀와라."

모리사키도 같은 말을 해서 아스나는 일어났다.

시킨 대로 신이 잠든 방으로 향하고, 그 문 앞에 멈춰 서서 주머니에 들어 있던 콤팩트 거울을 바라보며 앞머리를 매만졌다.

왜 그런 행동을 하는지 자신도 알 수 없다.

문을 살짝 열고 안으로 들어갔다.

신은 잠들어 있었지만 아스나가 방에 들어가자마자 깨더니 "그 차림"이라고 말했다.

가슴이 두근두근했다.

자신이 평소와 다른 옷을 입은 것을 즉시 알아차렸다. 그게 조금 기뻤다. 모리사키는 어울리지 않는다고 했지만 단순히 아가르타의 옷이 낯선 탓일 것이다. 신은 뭐라고 할까?

"안 어울려."

기대한 만큼 화가 났다.

"뭐야! 꼭 그런 식으로 말해야 해?"

부루퉁해져서 큰소리를 치자 신은 우스운 듯이 미소를 띠었다. 그리고 다시 진지한 표정을 지으며 신은 말했다.

"왜 구해줬지?"

"뭐……?"

"왜 나를 구해줬냐고!"

—왜 구했냐고?

그야 다친 사람이 눈앞에 있으면 구하는 게 당연하니까…….

"신도 나를 구해줬잖아."

아스나가 말하자 신은 갑자기 격분한 목소리로 외쳤다.

"난 형의 뒤처리를 했을 뿐이야!"

"슌의……."

어떤 사정이 있는지는 모른다.

하지만 신은 슌이 지상으로 가져 온 크라비스를 되찾아오는 일이 사명이라고 했다. 아마 그 이야기일 것이다.

신은 몸을 억지로 일으키려고 했지만, 마치 보이지 않는 힘이 침대를 누르는 것처럼 몸을 들어 올리지 못했다.

"신!"

걱정스러워서 아스나는 신의 몸을 떠받치려고 했지만 신이 뿌리쳤다. 역시나 신은 그대로 일어나지 못하고 작게 비명을 지르며 침대에 쓰러졌다.

"아직 무리하면 안 돼."

아스나는 신을 진심으로 걱정해서 말했다.

"너희는 여기에 있으면 안 돼."

신은 고집스럽게 단언했다.

신의 앞머리가 흐트러져서 눈동자를 감췄다. 그래서 그때 신이 어떤 표정을 지었는지 아스나는 몰랐다.

"이족이 너를 죽인 후에, 내가 네 크라비스를 빼앗아야 했어. 아니, 애초에 지상에서 아크엔젤 무리를 죽여야 했어!"

아스나는 아무 말도 할 수 없었다.

무엇이 충격인지 잘 모르겠지만……. 신이 그런 말을 하는 것이 매우 기분 나빴다.

"……나가."

"신……."

"나가라고!"

신이 소리쳤다.

아스나는 얌전히 밖으로 나갔다.

기분이 우울해져서 어두운 감정이 가슴속을 휘저었다.

거실로 돌아가자 아스나가 오기를 기다렸는지 모리사키가 말을 걸었다.

"내일 아침 일찌감치 출발할 거다. 일찍 자둬라."

그 말만 남기고 모리사키는 정해준 침실로 사라졌다.

"……."

기분이 찜찜해서 누군가와 이야기를 하고 싶었다. 노인의 방으로 향했지만, 그는 한창 저녁식사 설거지를 하는 중이었다.

"미안하구나."

노인이 등을 돌린 채 말했다.

"지상인을 오래 묵게 할 수 없단다."

/////

아스나가 침대에 누워 잠들지 못하자 미미가 종종거리며 방으로 들어왔다. 밤의 불빛을 받아서 그런지 눈동자가 녹색으로 빛났다.

미미는 조용히 아스나의 볼을 타고 흐르는 눈물을 다정하게 핥았다.

/////

신은 침대에 누운 채 자유롭게 움직이는 팔로 얼굴을 가리며…… 한 줄기 눈물을 흘렸다. 그리고 중얼거렸다.

"형……."

/////

노인은 홀로 난로 앞에서 파이프 담배를 피웠다.

똑똑똑, 문을 노크하는 소리가 들렸다. 이어지는 목소리.

"어르신. 밤중에 실례합니다."

"들어오게."

노인은 방문을 예상한 듯 대답했다. 모리사키는 문을 열고 방 안으로 들어왔다.

"무슨 일인가?"

"두 가지 정도 확인해 두고 싶은 것이 있습니다."

"일단 그리 앉게."

모리사키는 말을 계속하려고 했지만 노인의 재촉에 의자에 앉았다.

"차라도 마시겠나?"

"괜찮습니다."

모리사키는 무례를 범하지 않도록 신경 쓴 말투로 노인의 권유를 사양하며 말을 꺼냈다.

"아까 이족은 뒤섞인 존재를 싫어한다고 말씀하셨는데요."

그것만으로 노인은 모리사키가 하려고 하는 말을 헤아린 모양이었지만 결국 아무 말도 하지 않았다. 모리사키는 말을 이어나갔다.

"마나가 아가르타인과 지상인의 혼혈이라서 습격을 받았다고."

"⋯⋯자네가 궁금한 것이 뭔지는 알겠네만."

노인은 담배 파이프의 불을 끄며 일어섰다.

"그걸 알아도 아무도 행복해질 수 없다네."

"⋯⋯."

모리사키는 잠시 생각에 잠겼지만 이내 고개를 끄덕였다.

"그럴지도 모르겠군요."

그리고 가슴 부근에서 담배를 꺼내며 말했다.

"아, 피워도 되겠습니까?"

"상관없네."

모리사키는 담배에 불을 붙였다. 천천히 빨아들인 뒤 담배 연기를 내뿜으며 말했다.

"아까부터 마음에 걸렸던 점이 또 하나 있습니다."

"……뭔가?"

"저녁식사 때 하신 말씀 말입니다. 어르신께서는 죽은 이의 부활에 대해 아무도 행복하지 않다고 하셨죠. 그때는 흥분해서 몰랐는데 냉정을 되찾고 생각해 보니 위화감이 들더군요."

모리사키는 다시 말했다.

"금기를 깬 사람이 있는 거죠? 전 그 사람을 만나고 싶습니다."

제
9
화

Children who chase
lost voices
from deep below

날이 밝았다.

아스나와 모리사키는 노인의 인도로 마을의 선착장에 도착했다.

"이걸 타고 가면 되네."

노인은 그렇게 말하고 카누처럼 생긴 배를 제공해 줬다.

아스나가 말없이 노인을 부둥켜안자 노인은 등을 두드렸다.

"꼭 딸이 살아 돌아온 것 같은 시간이었단다."

그것은 아스나도 마찬가지였다.

아스나는 조부모에 대해 몰랐지만 할아버지가 있었다면 이런 느낌일 것이라고 느꼈기에 헤어짐이 매우 가슴 아팠다. 아니, 어쩌면 그게 아닐지도 모른다. 단순히 아가르타에 온 후로 계속 느끼지 못한(모리사키를 제외하고) 사람의 온기를 느낀 것이 컸을 수도 있다. 그래서 그 온기를 떠나는 것이 괴로운 것일지도 모른다. 지금의 아스나는 자신의 마음이 사실은 어느 쪽인지 판별할 수 없었다.

"할아버지…… 마나도 잘 지내."

아스나는 그렇게 말하고 노인 다음으로 마나를 껴안았다.

노인은 그 모습을 측은하게 바라보다 모리사키에게 말했다.

"일단 하루 밤낮을 꼬박 가면 자네가 만나고 싶어 하는 사람이 사는 마을에 도착한다네. 그 후 다시 이틀 후면 배가 호수에 닿을 걸세. 그곳에서 자네들이 가려는 곳이 가깝다네."

"정말로 고맙습니다."

어젯밤 저녁식사 후 두 사람 사이에 어떤 대화가 오고갔을까?

"아스나."

아스나는 조금 궁금해하며 모리사키의 부름에 배에 올라탔다.

아직 헤어짐을 아쉬워할 시간이 필요했지만 그것을 바랐다가는 시간이 아무리 지나도 출발할 수 없을 것 같았다. 그렇게 생각하니 모리사키의 비정하다고 할 수 있는 태도도 이해되었다. 어쩌면 모리사키도 서운해하고 있는지도 모른다.

"미미, 이리 와."

아스나는 돌아보며 마나의 머리 위에 올라간 미미를 불렀지만……. 미미는 야옹 하고 울기만 하고 마나의 머리 위에서 한 사코 움직이지 않았다.

아스나가 초조해하며 미미를 바라보자 노인이 말했다.

"그 아이는 자신의 사명을 완수했나 보구나."

무슨 말인지 이해하지 못한 아스나의 입에서는 "아……"하고 중얼거리는 소리만 흘러나왔다.

노인은 어제와 똑같은 온화한 말투로 말했다.

"야도리코의 행동을 인간이 결정할 수는 없단다."

……야도리코.

미미는 그런 대단한 존재가 아닐 것이다. 그저 고양이일 뿐이다. ……그런데.

"하지만…… 우리는 줄곧 함께 지냈잖아! 미미!"

아스나의 비통한 외침에도 미미는 꼼짝하지 않았다.

이번에도 모리사키가 미련을 끊으며 조용히 말했다.

"……아스나. 아무래도 받아들이는 수밖에 없어. 어르신, 아무쪼록 잘 부탁합니다."

그리고 배를 서서히 움직이기 시작했다.

아스나의 마음 따위는 상관없이.

"미미!"

지금이라도. 지금이라도 배에 뛰어오를 수 있을 텐데.

그렇게 생각하며 이름을 불렀다.

"미미!"

그러나 미미는 가만히 이쪽을 바라보기만 했다.

"선생님, 잠깐만 기다려 주세요!"

미미의 모습이 멀어져 간다. 점점 멀어져 갔다.

"……마나! 미미를 부탁해! 미미! 마나의 말을 잘 들어야 해!"

그리고…….

"안녕……."

아스나의 마지막 말은 같은 배를 탄 모리사키에게만 들렸다.

/////

그 후의 배 여행은 순조로웠다.

모리사키가 조용히 노를 계속 저었고, 아스나 일행은 강변에서 몇몇 마을과 폐허, 황무지, 초원 등을 보며 강을 내려갔다. 강물은 맑아서 수많은 물고기들이 헤엄치는 모습을 볼 수 있었다.

"선생님."

배를 탄 지 몇 시간이 지났을 때, 아스나가 조용히 모리사키를 불렀다.

"……."

모리사키는 말없이 조용히 노를 계속 저었지만…….

"수업 때 해 주신 이야기 기억하세요? 이자나기와 이자나미의 신화."

"……그래."

아무래도 이 대화가 신경 쓰였는지 모리사키는 노를 젓던 손을 멈추고 배 가장자리에 걸터앉아 주머니에서 담배를 꺼내어 불을 붙였다.

"결말이 궁금해서 도서실에서 뒷부분을 읽어 봤어요."

아주 조용히 담배 연기가 공기에 녹아들었다.

"이자나기가 황천에서 본 것은 썩어서 섬뜩한 모습이 되어 버린 아내였어요. ……그래도 죽은 사람을 되살리는 게 옳은 일……일까요?"

모리사키는 질문에 대답하지 않았다.

어쩌면 모리사키 본인도 잘 모르는 거라고, 아스나는 그렇게 해석하기로 했다.

모리사키는 담배 연기를 내뿜으며 말했다.

"여행은 곧 끝난다. 생사의 문에서 무엇을 구할지는 네 스스로 결정해라."

스스로 결정해라.

무엇을 구할까?

슌과 아빠를 되살리는 것이 목적이었을지도 모른다. 하지만 둘 다 아닌 듯한 기분도 들었다. 그렇다면 애초에 나는 무엇을 위해서 여행을 하는 것일까?

그런 것조차 알 수 없었다.

///////

긴 밤이 찾아오고, 시간이 지나 아침이 되었다.

모리사키는 작은 선착장을 발견하자 그곳에 배를 댔다.

"선생님."

"뭐지?"

"물어볼 기회를 놓쳤는데, 선생님이 만나려고 하는 사람은 누구인가요?"

"이 마을에 실제로 사람을 되살린 적이 있는 사람이 있다는 구나. 문헌을 읽었고 어르신께도 이야기를 들었지만 경험자의 이야기를 듣는 게 가장 좋은 참고가 될 테니까."

모리사키는 배를 붙들어 매며 그렇게 말하고 강변에서 마을로 향했다.

그곳은 아모로트와 비교하면 엄청 작은 마을이었다.

아스나와 모리사키는 노인이 준 외투를 걸치고 마을로 들어갔다.

"실례합니다. 우리는 '죽은 자의 부활'에 관해 연구하는 사람들인데요."

마주친 마을 사람에게 일단 그렇게 말을 건 순간, 갑자기 표정이 어두워졌다.

"미안하지만 난 아무것도 모르오······."

"이 마을에 있지 않습니까? 죽은 자를 되살린 사람이."

모리사키는 강경한 말투로 쏘아붙였다.

상대방의 약점을 이용하는 이상 공손하게 굴 필요는 없다고 판단했기 때문이다.

아무래도 그 방법이 성공한 모양인지, 마을 사람이 고개를 숙이며 말했다.

"내가 알려 줬다고 말하지 마시오."

모리사키는 고개를 끄덕였다.

"저쪽 숲의 입구에 있는 오두막에 사는 여자에게 물어보면 된다오. 그 이상은······."

"그거면 충분합니다. 고맙습니다."

모리사키는 마을 사람에게 그렇게 말하고 서둘러 숲 쪽으로 걷기 시작했다.

"저, 선생님."

"······왜 그러지?"

아스나는 이때 막연한 불안감을 느꼈지만…… 뒤를 돌아본 모리사키에게 뭐라고 하면 좋을지 몰랐다.

"아니…… 아무것도 아니에요."

"가자."

그 집은 바로 알 수 있었다.

그도 그럴 것이 숲 옆에 있는 집이 한 채뿐이었기 때문이다. 다른 집들은 나무로 만든 벽에 둘러싸여서 외부로부터 신변을 보호하도록 지어 놓았다. 하지만 그 집만 따돌림을 당하는 것처럼 벽의 바깥쪽에 있었다.

"흠…… 아무리 봐도 무슨 사정이 있나 보군. 죽은 자의 부활이라는 금기를 어긴 일이 마을 사람들에게 널리 알려진 이상 당연할 수도 있겠지만."

"……."

아스나 역시 그 집을 방문하는 것에 공포심을 느꼈다.

그래도 모리사키는 주저하지 않았다.

가까이 갔더니 집의 상태가 눈에 들어왔다. 폐가라고 해야 할 만큼 정말로 사람이 사는지 의심스러운 집이었다.

현관 앞에 서서 문을 세 번 두드렸다.

"실례합니다. 아무도 안 계십니까?"

모리사키가 말하자 잠시 후 경계심을 드러낸 여성의 목소리가 들렸다.

"무슨 일이죠?"

"……저기."

말하려던 아스나를 모리사키가 오른손으로 막았다.

"쓸데없는 말은 안 해도 돼. 잠자코 있어라."

"……네."

아스나는 조금 불만이었지만 그 말에 곧 수긍했다. 모리사키가 훨씬 말을 잘 할 것이라고 판단했기 때문이다. 그리고 그 생각은 정확했다.

"우리는 '죽은 자의 부활'에 관해 연구하는 사람입니다. 이 집에 사는 사람이 실제로 '죽은 이를 되살린 적'이 있다고 해서 찾아왔는데 자세한 이야기를 듣고 싶습니다."

"……."

이번에는 몇 초 만에 대답이 돌아왔다.

"미안하지만 여기에는 죽은 이를 되살렸던 사람이 없어요."

모리사키는 문을 주먹으로 쾅 때렸다.

"그 사실은 아모로트 마을 사람들까지 알고 있어!"

거칠게 말한 후, 머리를 살짝 흔들었다.

"미안합니다. 솔직히 말하지요."

애써 평정을 유지하며 말을 이어나갔다.

"죽은 자의 부활에 관해 연구한다는 말은 거짓입니다. 실은 난 내 아내를 되살리기 위해서 정보를 수집하고 있습니다."

"……."

문 안쪽에서 숨을 삼키는 기색이 전해졌다.

"실례인 줄 알지만 말해 주지 않겠습니까?"

문이 삐걱삐걱 소리를 내며 천천히 열리고 안에서 건강이 심하게 안 좋은 듯한 창백한 피부의 20대로 보이는 여성이 얼굴을 드러냈다.

/////

집 안은 외관과 마찬가지로 몹시 황폐했다.

솔직히 말하면 조금 무서웠고 기분도 나빴지만 아스나는 내색하지 않으려고 평정을 가장했다. 여성은 썩어가는 나무 바닥에 명목상의 방석을 깔아서 그 위에 두 사람을 앉힌 뒤 자신은 맞은편에 앉았다.

"저는 모리사키 류지라고 합니다."

모리사키가 이름을 댔다.

"10년 전에 잃은 아내를 되살리려고 지상에서 찾아왔습니다."

"……!"

모리사키가 거짓말을 하지 않았다.

이 여성에게 진지한 마음을 표현하려는 게 아닐까 하고, 아스나는 생각했다. 마을 사람들에게 솔직히 말하면 소동이 일어날 수 있지만, 이 여성이라면 그런 일은 없을 거라고 판단해서일지도 몰랐지만.

"지상인……인가요?"

"네."

"아까도 말했듯이 여기에는 죽은 이를 되살린 사람은 없어요."

이렇게 말한 여성은 모리사키가 뭔가를 말하려던 찰나 말을 이어나갔다.

"여기에는 연인에 의해 되살아난 사람밖에 없죠."

모리사키가 깜짝 놀라 숨을 멈췄다.

아스나는 순간적으로 그 말의 의미를 이해할 수 없었다.

"혹시 죽은 자의 부활에는 대가가 필요하다는 것은 아시나요?"

"……대가?"

여성은 고개를 끄덕이며 말했다.

"인사가 늦었네요. 저는 나미라고 해요. 연인의 이름은 이브. 전 지금으로부터 5년 전에 죽었었죠."

모리사키는 죽은 사람이 말해 준다는 사실이 기묘하게 느껴졌다. 지상에서는 전혀 경험할 수 없는 일이기는 했다.

"그 대가라는 게 뭡니까?"

모리사키가 말을 꺼내자 여성은 고개를 살짝 숙이며 말했다.

"죽음을 관장하는 신은 무상으로 사람들을 구하지 않아요. 그렇게 하면 사람들이 죽음이라는 개념에서 벗어나 위대한 생명의 흐름을 방해할 테니까요."

"흠."

그건……. 당연하다고 아스나는 생각했다. 죽음이 없는 세계가 있다고 한다면 세상은 인간으로 넘쳐날 것이다.

……실제로 나미는 좀 더 난해한 이야기를 하고 있었지만 초등학교 6학년인 아스나로서는 그 정도로 이해하는 것이 한계였다.

"그래서 죽음을 피하려면 아주 큰 대가가 필요해요. 과거에도……."

나미는 말을 한 번 끊고 다시 말했다.

"과거에 지상에서 아가르타로 통하는 문이 크라비스로 막히기 전에는 지상에서 수많은 사람들이 찾아왔어요."

"아가르타의 지식과 보물을 찾으러."

나미의 말을 모리사키가 이어받았다.

"그 이야기는 아모로트 마을의 어르신에게 들었습니다."

빨리 본론으로 들어가라는 듯이 이야기를 재촉하는 모리사키에게 나미는 이 이야기도 해야 한다고 생각했는지 천천히 말을 계속했다.

"지상인이 아가르타에서 찾은 크나큰 힘 중 하나로 불로불사가 있어요. 그 또한 큰 대가가 필요했기 때문에 얻은 사람이 없었죠. 몇 안 되는 경우를 제외하고."

"그 경우라면, 불로불사를 얻은 사람이 있습니까!?"

모리사키가 깜짝 놀라 목소리를 높였다. 나미는 고개를 끄덕였다.

"지상에 그런 전설이 있지 않나요? 분명히 죽은 위인이 사실은 살아 있었다는……."

아스나는 생각했다.

딱 떠오른 것은 미나모토노 요시쓰네(源 義経) 전설이었고, 히미코(卑弥呼)도 해당될 수 있겠다 싶었다. 아스나는 그 정도만 떠올랐지만 모리사키는 고개를 끄덕이며 말했다.

"확실히 여러 사례가 있습니다. 일본, 내가 사는 나라만 해도 사례가 풍부하고 세계로 눈을 돌리면 훨씬 더 많은 사람들이 존재하죠."

"그 사람들이 모두 정말로 불로불사를 얻은 사람인지 아닌지 증명할 순 없어요. 하지만 막대한 대가를 지불하고 실제로 불로불사를 얻은 사람은 있어요."

나미가 말하자, 모리사키는 조금 초조한 듯이 말했다.

"아까부터 '대가'라는 말을 많이 쓰는데, 당신은 그 내용에 대해 한 번도 말하지 않는군요. 도대체 뭘 지불해야 한다는 말입니까?"

"그건 때와 경우, 사람마다 달라요."

나미가 말하며 어딘지 슬퍼 보이는 표정을 지었다.

모리사키는 한순간 망설인 듯했다.

그러나, 결국 물어보기로 했다.

"이브 씨가 이곳에 없는 것과 관계가 있군요?"

나미는 천천히 고개를 끄덕였다.

"저를 되살리는 대가는 그이의 목숨이었어요. 그는 저를 위해서 자신의 목숨을 내던졌죠."

아스나는 너무나도 잔인하다고 생각하며 오 헨리(O. Henry)의 「크리스마스 선물」을 떠올렸다. 그 소설은 가슴 따뜻한 이야기였던 것에 비해 나미 씨의 경우는 너무나도 슬퍼서 비참할 정도였다.

"그런 건 아무런 의미가 없는데. 그이가 없는 세상에 사는 것에 무슨 의미가 있겠어요. 전, 그냥."

"그이가 잘 살아 주기를 바랐을 뿐인데."

/////

모리사키와 아스나는 배로 돌아왔다.

나미의 말을 들은 후부터 둘 다 입을 다물었지만…….

아스나가 불쑥 한마디를 했다.

"사람을 되살리는 게 과연 옳은 일일까요?"

"……."

모리사키는 대답하지 않았다.

아스나는 작은 목소리로 계속 말했다.

"본인이 바라는지 안 바라는지 모르잖아요."

"……그거야말로."

노를 저으며 모리사키가 말했다.

"되살려봐야 알 수 있겠지."

제
10
화

Children who chase
lost voices
from deep below

신은 집 안에 울려 퍼지는 울음소리에 눈을 떴다.

이제 몸을 일으킬 수 있었다. 나른함이 조금 느껴졌지만 신은 침대에서 일어나 울음소리가 들리는 쪽으로 갔다.

노인이 지켜보는 가운데 마나가 울고 있었다. 그 손 안에는 더 이상 움직이지 않는 미미가 웅크리고 있었다.

─죽었구나.

신은 아스나가 알면 분명히 슬퍼할 것이라고 생각했다.

노인은 온화하고 다정하게 말했다.

"이번 세상의 사명을 끝내고 다음 세상으로 갈 때가 온 거란다. 실컷 울어 주렴. ⋯⋯그 아가씨를 위해서라도."

마나가 울음을 그칠 때까지 기다린 후 노인은 마나와 신을 마을 밖에 있는 초원으로 데리고 갔다. 끝이 보이지 않을 정도로 광활한 초원 한복판, 노인이 손으로 가리킨 곳에는 바위로 만든 대좌가 있었다. 마나는 그곳으로 달려가 미미의 시체를 살며시 눕혔다.

"곧 나타날 게다."

노인이 말하고 잠시 시간이 흐르자…….

신은 놀란 목소리로 말했다.

"저건…… 케찰코아틀!"

케찰코아틀이 초원 저편에서 천천히 걸어왔다. 살색을 띤 사람 모습의, 그러나 체격이 사람보다 몇 배는 더 컸다. 그 몸에는 케찰코아틀의 독특한 기하학적 무늬가 그려져 있었다.

"저렇게 오래됐다니……."

놀라서 중얼거리는 신은 개의치도 않고 케찰코아틀은 대좌에 도착하자 미미의 시체를 안아 올려서…….

입 속에 집어넣었다.

노인은 엄숙한 말투로 말했다.

"저런 식으로 생명은 더 큰 존재의 일부가 되는 거다."

"……아스나도 그렇게 생각할까요? 소중한 존재가 죽고 말았는데."

신이 그때 한 말은 평소에 아가르타인이라면 절대로 입 밖에 내지 않는 말이었다.

"어르신, 아가르타는 현세에서의 생명이 덧없고 의미 없다는 것을 지나치게 잘 알고 있어요. 그래서 멸망하는 게 아닌 가요?"

신이 말하자 노인은 조금 놀란 듯이 눈을 크게 떴다. 하지만 곧 느긋한 미소를 되찾으며 말했다.

"네 미숙함은 그 지상인 남자를 닮았구나."

─내가 아크엔젤을 닮았다고?

그렇게 생각했지만 신도 자신이 한 말이 아가르타에서 순수 하게 생활해 온 사람이라면 하지 않았을 말이라는 것쯤은 알 았다. 분명 그 지상인들에게 영향을 받은 것이리라.

"······!"

신은 할 말을 잃었다.

그때였다.

"저건······!"

마을 입구에서 모리사키와 아스나를 맞았던 판초형 의복 차 림의 남자 세 사람이 말을 타고 달려갔다. 그 모습을 바라보던 신은 즉시 알아차렸다.

그들의 허리에는 위험한 물건이 매달려 있었다.

"장총을 갖고 있어요!"

신이 말하자 노인은 어쩔 수 없다는 듯이 고개를 저으며 말 했다.

"그들은 죽여서라도 지상인을 막으려는 속셈인가?"

그리고 신을 봤다.

"네가 짊어진 사명과 똑같구나."

그 말이 맞았다.

죽여도 좋으니 지상인을 막아야 한다. 아가르타 세계로 들어오는 모든 것은.

"……윽!"

신은 달려서 노인의 집으로 돌아가 마구간에서 자신의 말을 곧 발견했다. 말에 올라타서 달려 나가려고 한 찰나, 노인이 말을 걸었다.

"어쩔 생각이냐!"

지상인을 처리하는 것은 자신의 '사명'이니 자신이 해야 한다. 하지만 지금은 그런 생각이 나지 않았다. 자신은 무엇을 원하는 것일까? 어떻게 하면 좋을까? 어떻게 해야 할까? 아무 생각도 할 수 없었다.

그저 신은 고개를 가로저었다.

"모르겠어요! ……하지만!"

구호와 함께 말을 달렸다.

―아스나를 이대로 내버려둘 수는 없어.

구해야 한다.

그저 그것만 생각했다.

신은 뒤돌아보며 노인을 향해 외쳤다.

"은혜는 반드시 갚겠습니다! 이랴!"

신이 기합과 함께 말고삐를 당기자 말은 풀을 박차며 전속력으로 달리기 시작했다.

/////

드디어 강이 좁아지며 암벽 지대에서 호수가 되어 끝났다.

배는 바위 밭에 그대로 버려두고 모리사키와 아스나는 바위의 경사면을 올라갔다.

"이 산등성이 너머다."

모리사키가 아스나를 돌아보며 말했다.

이제 얼마 안 남았다고, 아스나는 생각했다.

이 여행이 이제 곧 끝난다.

이 힘든 여행이 곧 끝나는 것이다.

그런데 왜 이렇게 '기쁘지 않은' 걸까……?

"이족이 오기 전에 서두르자."

모리사키가 말했을 때, 아스나가 그것을 깨달은 것은 우연이었다.

"……."

"왜 그러니?"

모리사키의 목소리에 한순간 사라졌지만 지금 분명히…….

"무슨 소리 안 들리세요?"

모리사키가 주위를 둘러봤다.

주변에는 바람이 지나가는 소리만 들렸다.

—아니야.

낯설지만 들으면 바로 알 수 있는 말 발굽 소리가 가까워졌다. 그 소리는 의외로 가까이에서 들렸다.

기복이 심한 암벽지대였던 탓에 접근을 늦게 알아차렸다. 그렇다고 빨리 알아차렸다고 해도 달리 손 쓸 방법이 있는 것도 아니었다.

아모로트 마을에서 모리사키와 아스나를 맞았던 남자들이 말을 타고 모습을 드러냈다.

무장한 차림이었기에 곤란한 용건이라는 것쯤은 보면 알 수 있었다. 모리사키는 어떻게든 앞으로 가기 위해 "아스나, 뛰어!"라고 재촉하며 자신도 뛰기 시작했다.

모리사키와 아스나는 서둘러 경사면을 올라갔다. 그때 한 남자가 말을 탄 채로 허리에서 장총을 뽑아 발포했다.

운 좋게, 라고 해야 할까. 총탄이 지면에 맞아서 돌만 튀었다. 어쩌면 그것은 위협사격이었을지도 모른다. 모리사키가 아스나의 손을 잡아끌어서 적당한 바위 뒤에 숨었다.

어떻게 하면 좋을까?

전혀 알 수 없는 아스나 앞에서 모리사키가 품속의 권총을 꺼냈다.

"숨어 있어. 곧 끝날 거야."

말하기가 무섭게 이쪽에서도 발포했다.

탄환을 주고받았다.

각자의 탄환이 아슬아슬하게 스쳤다.

"선생님!"

사람을 죽이면 안 된다. 그런 말을 하려고 한 줄 알았는지 모리사키가 짧게 말했다.

"놈들도 우리를 죽일 작정이야!"

그리고 다시 총을 쏘려고 했을 때였다.

갑자기 날아온 단도가 모리사키의 총을 떨쳐냈다.

그 일격은 전혀 예상치 못한 방향에서 날아왔다. 모리사키는 피할 수 없었지만 다치지도 않았다. 총만 정확히 노리고 던진 것이다.

"뭐야?"

모리사키가 외치자 아스나도 깜짝 놀라며 바라봤다.

"아니!"

……그곳에 달려온 것은 말을 탄 신이었다.

신은 달리는 말의 기세를 죽이지 않고 그대로 뛰어내려 착지한 후 모리사키의 총을 쳐낸 단도를 집어 올려서 손에 쥐었다. 그리고 모리사키와 아스나를 감싸듯이 서서 아모로트 병사와 맞섰다.

"신!"

"쓸데없는 짓을!"

아스나와 모리사키가 각각 외치자, 신은 힘찬 목소리로 대답했다.

"아무도 죽이지 마! 아가르타의 증오만 키울 뿐이야!"

신은 우리를 도우려고 하는 건가? 그때 지상인은 죽여야 했다고 말했는데. 지금 이 상황이 너무나도 기뻤다.

맞은편의 아모로트 병사들이 말에서 내렸다.

"카난 마을의 소년이군. 왜 지상인을 감싸지?"

"이 두 사람은 당신 마을의 소녀를 구해줬어! 그 은혜를 잊은 건가?"

"지상인을 그냥 내버려두면 멸망을 불러온다. 화근은 미리 없애야 해!"

그렇게 외치는 장총을 쥔 남자에게, 신은 정면에서 달려들었다.

총격을 옆으로 피하고 단숨에 간격을 좁혀서 단도로 총을 힘껏 튕겨냈다. 남자는 신을 발로 차서 간격을 조금 떨어뜨리더니 자신도 검을 뽑아서 신을 노리고 강력한 일격을 더했다. 신은 단도로 그 공격을 막아내고 궤도를 돌려서 피했다.

한 번, 두 번, 세 번, 칼이 마주쳤다. 남자의 검은 무겁고 신의 단도는 가벼웠다. 맞부딪치는 두 사람은 호각으로 보였지만 서서히 신이 밀렸다.

"신!"

모리사키가 소리치려던 아스나를 오른손으로 제지했다.

신이 외쳤다.

"빚은 갚겠다! 어서 가!"

그렇게 외치며 날린 일격이 이번에는 남자의 검을 물리쳤다. 무게로는 밀리지만 속도에서는 신이 유리했다. 빨라진 공격은 강렬했다. 결코 싸움에서 질 리가 없다……고 생각했다.

일단 지금은 신의 말을 듣자고 생각한 아스나의 손을 잡고, 모리사키가 남자의 미소를 보이며 암벽 지대를 오르기 시작했다.

네 번, 다섯 번, 여섯 번. 신의 단도와 남자의 검이 마주쳤다. 서로 한 발도 물러나지 않았다.

그 옆에서 기다리던 다른 남자가 빠져나가려고 하자, 신은 남자의 검을 단도로 막아내고 그 힘을 역으로 이용하여 도약한 뒤 그 남자의 앞을 가로막았다. 검을 뽑아 들고 응전하려고 하는 남자의 턱에 신의 돌려차기가 명중했다. 남자가 쓰러지자 신이 몸을 돌리며 조금 전의 남자와 다시 싸우려고 했다.

남자가 히죽 웃었다.

"만만치 않군."

"제게 맡겨 주십시오."

옆에서 기다리던 다른 남자가 말에서 내려 검을 뽑았다.

신은 흐트러진 호흡을 가다듬으며 그 남자와의 간격을 좁혔다.

/////

모리사키와 아스나는 싸움을 뒤로하고 산등성이를 올라갔다. 저녁놀로 물든 하늘 아래, 어깨를 들썩이는 아스나 앞에서 모리사키가 말했다.

"이 세상의 끝, 피니스 테라다."

그곳에 펼쳐진 광경은…… 아득히 먼 지평선까지 이어지는 무지막지하게 거대한 땅굴이었다.

모리사키는 그 가장자리로 내려갔다.

"서두르자. 그 아이의 행동을 헛되게 하지 마."

아스나는 모리사키를 따라 내려갔지만, 그곳은 그야말로 낭떠러지였다. 바로 밑을 내려다봐도 바닥이 보이지 않았고 한없이 암벽만 이어진 절벽이었다.

그곳에서 절망을 느꼈다.

아스나는 절대로 이런 곳을 내려갈 수 없다고 생각했지만 모리사키는 짐을 내려놓고 아무렇지 않은 말투로 말했다.

"몸을 가볍게 해라. 절벽을 타고 내려갈 거야."

아스나는 겁내면서 구멍 속을 들여다봤다. 암벽 등반 전문가라 해도 못 내려가지 않을까 싶었다.

그렇게 생각한 것은 훨씬 나중에 이 구멍에 대해 생각했을 때의 일이고, 이때의 아스나는 단순히 순수한 생명의 근원적인 감정, 공포를 느꼈다. 오금이 펴지지 않아 서 있을 수 없는 아스나는 그 자리에 주저앉았다.

"……무리에요. 다른 곳을 찾아서."

아스나가 말하려고 했지만 모리사키는 쌀쌀하게 거절했다.

"그럴 시간이 없어. 해가 지면 이족이 나올 거다. 가자."

"아아!"

모리사키가 암벽을 손으로 잡으며 신중하게 내려가기 시작했다.

아스나는 서둘러 짐을 내려놓았다.

"선생님!"

모리사키는 계속해서 암벽을 내려갔다.

아스나도 뒤를 따르려고 했지만, 구멍 밑에서 불어온 바람에 날아갈 뻔했다.

"아스나!"

모리사키의 도움으로 간신히 살았다.

두 사람은 벼랑 위로 돌아왔다.

아스나는 온몸에 힘이 빠져서 지면에 넙죽 엎드렸다. 흘러넘치는 눈물을 참을 수 없었다. 자신이 이 정도로 무력하다고 느낀 것은 태어나서 처음이었다.

이렇게나 한심하다니. 여기까지 여행을 계속했는데 목적지를 눈앞에 두고 갈 수 없는 것이 억울했다. 하지만 못하는 건 못하는 거라서 아무것도 할 수 없었다.

"아스나."

"……."

모리사키의 부름에 눈물을 뚝뚝 흘리며 아스나가 고개를 들었다.

모리사키는 다정한 목소리로 말했다.

"내 말 잘 들어. 넌 사이의 바다를 건너서 여행을 하며 지하 세계의 안쪽까지 왔다. 이 절벽도 반드시 넘을 수 있을 거야. 넌 무엇을 위해서 아가르타에 왔지?"

그 눈빛도 다정했다.

─마치 딸을 바라보는 아빠 같아.

그러나 아스나는 고개를 가로저었다.

무리도 아니었다. 다 큰 어른도 주저할 만한, 그보다 현명하다면 당연히 회피해야 할 절벽이었다. 열한 살밖에 안 된 소녀가 도전할 수 있는 절벽이 아니었다.

"……전 무리예요. 못하겠어요."

그 말은 아스나가 이 여행에서 처음으로 한 포기의 한마디였다.

/////

신과 남자의 싸움은 계속되었다.

그러나……. 신과 남자 사이에 결정적인 차이 두 가지가 있었다. 아니, 어쩌면 하나라고 해야 할까?

뭐니 뭐니 해도 신은 아직 열한 살이었고, 아모로트 마을의 남자들은 세 배 이상은 더 살았다. 체력적으로나 경험적으로도 신이 확실히 뒤떨어졌다. 신의 움직임이 조금 둔해진 순간을 남자는 놓치지 않았다. 옆으로 휘두른 주먹이 신의 뺨을 쳤고, 신은 그 충격에 날아가 단도를 떨어뜨렸다. 신은 지면을 굴러서 넝마 조각처럼 가로누웠다.

"이제 그만해라. 아가르타에서 지낼 곳을 잃고 싶은가?"

검을 들이댄 남자의 말을 듣고 다시 일어섰다.

"지낼 곳 따위는……."

그리고 신은 주먹을 내질렀다.

"애초에 없었어!"

남자가 그 주먹을 막아냈다. 그리고 남자는 두 번 다시 검을 휘두르지 않았다.

맞받아친 주먹을 신이 간신히 피하고 반대로 주먹을 두 발, 세 발, 네 발 날렸다. 남자가 그것을 피해서 재빨리 받아넘기며 막아냈다.

/////

"알겠다."

울음을 터뜨린 아스나의 앞에서 모리사키가 말했다.

"나 혼자 가지. 크라비스를 빌려다오. 그 대신에 넌 이걸 가져가."

모리사키가 건넨 것은 권총이었다.

"강을 거슬러서 노인의 집으로 돌아가거라. 밤에는 물에 들어가 이족을 피하고."

그리고 모리사키는 말했다. 이 말만은 꼭 해야겠다고 생각했다.

"아스나, 난 네가 살아 주길 바란다."

"이기적인 말로 들릴 수 있지만 가능하면 이 말을 기억해 주렴."

그렇게 말하고 모리사키는 미소 지었다.

아스나는 모리사키의 그런 다정한 얼굴을 처음 본 듯한 기분이 들었다.

무슨 말이라도 해야 할 것 같았지만 아무 말도 할 수 없었다.

"아……."

모리사키는 더 이상 아무 말도 하지 않았다.

아스나에게서 등을 돌리고 말없이 피니스 테라의 큰 구멍과 마주했다.

/////

뺨에 일격을 맞고 태세가 무너진 틈에 발로 차인 신은 땅바닥을 굴렀다.

이번에야말로 일어날 힘도 없어서 남자가 목에 댄 칼날에도 저항조차 할 수 없었다.

—난 죽을지도 몰라.

신이 그렇게 생각했을 때였다.

"……."

크라비스의 숨결이 느껴졌다.

확실히 크라비스가 있는 곳을 '느낄' 수 있었다.

여태껏 신에게는 불가능했던, 넘지 못한 벽이었다.

이제는 쉽게 느낄 수 있었다.

남자들도 크라비스의 숨결을 느낀 것은 마찬가지인 모양이었다.

"크라비스가 피니스 테라 밑으로 사라졌다. 더는 쫓아갈 수 없어. 싸움은 무의미하다."

그렇게 말하며 남자는 검을 거뒀다.

"하지만 지상인은 어차피 살아서 절벽을 내려갈 수 없을 테지."

그리고 신에게 등을 돌리며 말했다.

"애송이, 앞으로 아가르타에도 지상에도 네가 편히 쉴 수 있는 곳은 어디에도 없을 거다. 넌 영원히 유랑하는 삶을 선택했다. 그걸 두고두고 후회하도록 해라."

그렇게 말하며 남자들은 말을 타고 유유히 떠났다.

남자들이 사라지고 잠시 후 신이 겨우 비틀거리며 일어났다. 그리고 자신의 애마에게 다가갔다.

"여기까지 무리하게 달리게 해서 미안해. 설 수 있겠어?"

말은 조용히 신의 말을 따라 일어섰다.

자, 그럼.

"이제 어디로 갈까……?"

제
11
화

Children who chase
lost voices
from deep below

해가 저물기 시작했다.

모리사키기 남기고 간 총을 발밑에 둔 채 아스나는 그냥 주저앉아 있었다. 무력감이 몸을 지배해서 아무 생각도 할 수 없었다.

바람이 지나가는 소리만 조용히 주위를 물들였고 곧 해가 저물었다.

잊은 것은 아니었다. 잊은 것은 아니었지만……. 드디어 깨달았다.

지면에서 이족이 얼굴을 드러내기 시작했다.

아스나는 비명을 지르며 총을 들고 뛰었다.

해가 아직 완전히 저문 것이 아니라서 다행히 빛이 있는 곳으로 나올 수 있었다. 그 뒤 산등성이를 내려와서 호수로 향했다.

일단 물이 있는 곳으로 가야 한다.

그 일념으로 달렸다.

강에 도착해 진흙에 발이 빠져 넘어질 뻔해서 고개를 들었다. 주위를 둘러보고 오싹해졌다.

이족에게 둘러싸인 것이다.

끝없이 이어지는 빨간 눈, 눈, 눈.

아스나는 죽어라 상류 쪽으로 뛰기 시작했다.

앞으로, 앞으로.

이족들이 아스나에 맞춰서 강변을 달렸다.

앞으로, 앞으로.

아스나가 숨이 차서 멈춰 서자 이족들도 멈춰 섰다.

상류로.

걷고, 걷고, 또 걷고…….

─아스나.

머릿속에 슌의 목소리가 되살아났다.

─축복을 빌어 줄게.

그날 밤 아스나는 엄마에게 물었었다.

"엄마, 축복이 뭐야?"

"축복?"

엄마는 의아하다는 듯한 얼굴로 되물었다.

아스나는 입맞춤에 대해서는 숨긴 채 말했다.

"······축복을 빌어 준다고."

"누가 그런 말을 하든?"

이마에 하는 입맞춤이 축복을 의미하는 것쯤은 아스나의 엄마라면 알았을지도 모른다. 그래서 그 누군가가 아스나의 이마에 입맞춤한 것을 엄마가 알아챘을 수도 있었다.

아스나는 그런 것은 생각하지도 못한 채 "······음"하고 고개를 가볍게 끄덕였다.

그 말을 듣고 엄마는 흐뭇한 표정으로 웃었다.

"네가 태어나 줘서 다행이라는 뜻이야. 엄마도 그렇단다."

아스나의 머릿속에 수많은 생각이 되살아났다.

엄마와의 추억.

학교에서의 추억.

슌과의 추억.

모리사키와의 추억.

그리고 신과의 추억.

"아스나."

순의 목소리가 들린 것만 같았다.

"넌 왜 아가르타에 왔지?"

왜 아가르타에 왔을까?
제대로 생각해 보지도 않았던 그 의문에 이르렀을 때.
아스나는 드디어 깨달았다.
"……뭐야."
중얼거리며 지면에 무릎을 꿇었다.
그것은 단순하고도 단순한, 지극히 단순한 답이었다.

"난 그냥 외로웠던 거야……."

그뿐이었다.
그래서 아가르타에 왔다…….

아스나는 그때 기분 나쁜 숨결을 귓가에서 느끼고 정신을
차렸다.
이족이었다.

"하악!"

경솔했다.

생각에 몰두했기 때문일 수도 있다.

그저 걷는 것에만 집중한 탓일 수도 있다.

물이 빠지고 있다는 것을.

강에서 벗어나고 말았다는 것을.

아스나는 겨우 알아차렸다.

"어느 틈에!"

이족들이 다가왔다.

셀 수 없이 많은 이족들이 다가왔다.

"……윽!"

아스나는 지면에 떨어진 나무 막대를 들고 가까이 있는 이족에게 덤벼들었다.

나무 막대는 휙 부러졌고, 이족은 개의치 않는 모습으로 아스나의 목을 잡아서 들어 올렸다.

숨을 쉴 수 없었다.

희미해지는 의식 가운데 손에 쥐고 있던 총이 생각났다.

방아쇠를 당겼다.

총을 쏘고 또 쐈다. 다시 일어나 연속으로 세 발을 쐈다.

탄창에 들어 있던 총알을 전부 다 쐈지만 총알은 한 발도 맞지 않았다.

아스나의 손에서 힘이 빠지고 총이 굴러 떨어졌다.

"부정한 것."

이족이 섬뜩한 목소리로 말했다.

"부정한 것."

그 입이 크게 벌어지고 어금니가 드러났다.

순간, 아스나는 죽음을 각오했다.

제
12
화

Children who chase
lost voices
from deep below

그 무렵, 신에게 슌은 '세상의 전부'였다.

"형? 들어간다!"

둘이 사는 집은 '선생님'이 남긴 것으로, 이층의 한구석에 형제가 '지상의 방'이라고 부르는 방이 있었다. '선생님'이 지상에 관해 연구하기 위해 만든 곳이었다.

슌은 그 방을 매우 좋아해서 사명이 없을 때는 대부분 그곳에서 지냈다.

"아, 신. 마침 마실 게 필요하던 참이었어."

"……그렇게 말해 주니 기분은 좋지만."

신은 책을 읽고 있던 슌에게 끓여 온 차를 건넸다.

"형이 그런 식으로 약을 먹는 모습을 보면 역시 걱정스럽단 말이야."

"아아. 미안해, 신."

순의 손에는 가루약이 들어 있는 봉지가 놓여 있었다.

"있지, 신. 지상에는 병을 고치기 위한 약이 있대."

"……병을 고쳐?"

"응. 내가 먹는 이런 약을 지상에서는 '대증요법'이라고 해서 단순히 임시방편일 뿐인 경우가 많대."

그렇게 말하며 순은 차를 마셔서 약을 넘겼다.

"……아, 역시 네가 끓여 준 차는 맛있어."

"약이랑 함께 먹는 거잖아. 하나도 안 좋아."

하지만 기분이 나쁜 것 같지도 않았다.

조금 훈훈한 마음에 잠겨 있는데 순이 말을 걸었다.

"있잖아, 신. 지상에 가면 내 병을 고칠 수 있는 약도 있을까?"

신이 거칠게 말했다.

"그런 생각하지 마! 지금 형이 지상에 가면 며칠도 못 버틴다잖아! 형, 제발 부탁이야."

남은 시간 정도는 나와 함께 있어 달라고…….

그 말은 영원히 하지 못한 채 신의 가슴속에 남았다.

/////

신은 왠지 모르게 그 생각이 떠올랐다.

말 옆에서 그저 하늘을 바라봤다.

그리고 아까 아모로트의 병사가 한 말이 생각났다.

─앞으로 아가르타에도 지상에도 네가 편히 쉴 수 있는 곳은 어디에도 없을 거다.

그런 건 벌써 잃어버렸다.

신이 '편히 쉴 수 있는 곳'은 슌의 옆뿐이었다.

─넌 영원히 유랑하는 삶을 선택했다. 그걸 두고두고 후회하도록 해라.

"……."

신은 조용히 눈을 감았다. 하지만…….

"윽!"

갑자기 자리에서 벌떡 일어났다.

예전의 자신이었다면 보이지 않았던 것.

어느 순간 볼 수 있게 된 것. 예전의 슌처럼 지금의 신은 멀리 떨어져도 그녀의 기척을 느낄 수 있었다.

"설마!"

신은 애마에 올라탔다.

달려.

신은 생각했다.

만약에 자신에게 지금도 편히 쉴 수 있는 곳이 있다고 한다면.

그것은…….

"아스나―!"

아스나는 언젠가와 똑같은 광경을 봤다.

하늘 높이 점프한 신이 아스나의 목을 잡은 이족의 팔을 베어 버렸다. 이족의 팔에서 풀려나 아스나의 몸이 지면 위로 맥없이 쓰러졌다.

콜록콜록 기침을 하는 아스나를 보호하며 신은 잠시 이족을 견제했지만, 곧 깨달았다.

"……날이 밝는다."

신의 말이 신호가 된 것처럼. 동쪽 하늘에서 햇빛이 쏟아졌다.

이족들은 빛에 닿으면 몸의 표면이 타는 모양이었다. 황급히 지면 속으로 들어가 사라졌고, 신과 아스나만 남았다.

"무사해서 다행이야, 아스나."

신은 바닥에 주저앉은 아스나에게 손을 뻗었다.

아스나가 그 손을 잡고 일어났다.

"신, 구해줘서 고마워."

진심으로 기뻤다. 죽여야 했다는 말을 들었을 때 괴로웠던 것보다 두 배 정도로. 아니, 그보다 훨씬 더 기뻤다.

"……지금까지 제대로 고맙다고 한 적이 없었네."

아스나의 말에 신은 멋쩍은 듯이 시선을 살짝 피했다.

"생각하기 전에 몸이 멋대로 움직여. 구하려고 한 게 아니야."

"……."

아스나는 가만히 신을 바라봤다.

"왜, 왜 그래?"

당황한 모습의 신이 조금 귀엽게 느껴졌다.

"눈 색깔이 슌이랑 조금 다르구나."

"응. 형이 키도 조금 더 컸고 머리색도 좀 달라."

신의 말을 듣고 아스나가 웃었다.

"그렇구나. 잘 보면 아직 어린애잖아?"

"너, 너도 마찬가지잖아."

신의 말을 듣고 아스나는 한 박자 쉬고 확인하려는 의지도 없이 말했다.

"역시 신은 슌이 아니었구나."

"아직도 그런 소리를……."

신이 말을 삼켰다.

아스나가 울고 있었다. 뺨을 타고 흐르는 눈물을 닦을 생각조차 하지 않고.

"……하지만, 하지만."

신은 노인의 말이 생각났다.

─생명은 더 큰 존재의 일부가 되는 거다.

─실컷 울어 주렴.

"……"

신은 흐느껴 우는 아스나를 잠시 바라보다가 큰 소리로 말
했다.

"울지 마!"

그리고 무릎에 얼굴을 묻었다.

그의 눈동자에서 눈물이 흘러넘쳤다.

"형……."

그 후로 두 사람은 한동안 소리 내어 계속 울었다.

그 순간이 두 사람이 슌의 죽음을 처음으로 받아들인 때였
을지도 모른다.

/////

모리사키의 다리가 물에 잠겼다.

힘주어 밟은 것은 더 이상 암벽이 아니었다.

"도착한 건가……?"

모리사키가 온몸으로 숨을 쉬며 그렇게 생각한 순간 몸에서 힘이 빠지며 바닥에 털썩 주저앉았다.

애초에 일반인이라면 거의 불가능한 일일 텐데 그 절벽을 타고 살아서 내려왔으니 체력이 남아 있을 리가 없었다. 물속에 얼굴까지 잠겼지만, 다시 일어났다.

"비타 아쿠아인가? ⋯⋯힘이 돌아온 듯한 느낌이 들어."

주위를 둘러보았다.

거대한 수정처럼 보이는 것이 사방에 솟아 나온 신비한 공간이었다.

"케찰코아틀의 무덤인가⋯⋯."

그리고 걸어갔다.

곧 모리사키는 공중에 떠 있는 검은 구체 앞에 도착했다.

노인의 집에 있는 서재에서 읽은 문헌이 생각났다.

"이것이⋯⋯ 생사의 문이군."

검은 구체를 만졌다.

아니, 만지려고 했다.

그러자 팔이 검은 구체 속으로 쑥 빨려 들어갔다.

"⋯⋯."

모리사키는 그대로 온몸을 검은 구체에 통과시켰다.

별이 하늘 가득히 펼쳐져 있었다.

아가르타에는 분명히 없는 별들이 반짝이는 하늘.

주위를 온통 둘러봐도 한없이 이어지는 초원.

모리사키는 천천히 걸었다.

앞으로 걸어간 곳에는 돌로 만든 대좌가 있었고, 모리사키는 그곳에 크라비스 파편을 올려놓았다.

한동안은 아무 일도 일어나지 않았다.

그러나 잠시 후.

갑자기 크라비스가 빛을 내기 시작했다. 그리고 파편이었던 크라비스가 수정 모양의 완전한 형태로 부활했다.

그와 동시에 하늘에 그림자가……

"샤쿠나 비마나!"

배가 천천히 내려오며 모습을 괴이한 모양으로 바꿨다.

비유하자면 엎드린 거대한 거인과도 같았다. 그 거인은 지면에 착지하더니 온몸에 무수히 많은 '눈'을 떴다.

"이것이…… 아가르타의 신인가?"

모리사키의 앞에서 눈들이 저마다 깜빡였고, 그 '목소리'가 모리사키의 마음속에 들렸다.

모리사키가 중얼거렸다.

"소원을 말하라고……?"

모리사키는 양손을 꽉 쥐고 눈을 감으며 후우, 하고 숨을 내쉬었다.

드디어 이 순간이 왔구나.

"10년 동안……."

수많은 추억이 가슴속에 오갔다.

"단 한순간도 잊은 적이 없어. 한때는 당신의 죽음을 극복하려고 해보기도 했지."

모리사키는 고개를 가로저었다.

"하지만 다 소용없었어. 당신이 없는 세상에서 의미를 찾을 수 없었어."

그리고 모리사키는 빌었다.

아주 강력하게.

"리사! 내 곁으로 돌아와 줘!"

그 순간, 크라비스가 굉장한 빛을 내뿜기 시작했다.

동시에 '신'의 앞쪽 공간에 빛의 균열이 생겼다. 균열 속에서 수많은 빨간 빛줄기들이 뻗어 나와 모리사키의 앞에서 복잡하게 뒤얽혔다.

그것은 곧 어렴풋이 사람의 형상으로 변하기 시작했다. 서서히, 아주 서서히 형태를 갖춰 갔다.

그 후 나타난 것은 그토록 그리워한 리사의 모습이었다.

"리사, 당신이야……?"

손으로 만지려고 했다.

하지만 그것은 단순한 액체, 비타 아쿠아가 사람의 형상을 한 것에 불과했다.

"어째서……."

중얼거린 모리사키의 앞에서 다시 한번 수많은 눈들이 깜박였고, 신의 목소리가 머릿속에 울려 퍼졌다.

"혼을 담을 육체의 그릇을 내놓으라고?"

모리사키 속에 음험한 망설임이 생긴 순간이었다.

/////

울고 있던 두 사람이 겨우 일어나 서로의 얼굴을 마주봤을 때, 장엄한 종소리가 울려 퍼져 두 사람은 얼굴을 들었다.

그곳에는 하늘을 나는 신들의 배가 있었다.

"저건……."

"샤쿠나 비마나다. 생사의 문으로 향하고 있어!"

"선생님이 그곳으로 가셨는데."

"아크엔젤이 그곳에 도착했다고? 샤쿠나 비마나는 생명을 운반하는 배야!"

생명을 운반하는 배?

말도 안 된다.

모리사키는 신들이 타는 배라고 했다.

그런데, 모리사키가 있는 피니스 테라로 향한 샤쿠나 비마나는 아래로 내려갔다. 두 사람이 바라보는 앞에서 샤쿠나 비마나는 피니스 테라의 큰 구멍 쪽으로 사라졌다.

"피니스 테라잖아……? 좀 더 멀리 떨어진 줄 알았는데. ……난 어둠 속에서 빙빙 돌고 있었구나."

아스나가 말하자, 신이 무엇을 발견했다.

"케찰코아틀!"

한 케찰코아틀이 걸어왔다.

사람 형상을 한 살색의 크고 낡아 빠진 케찰코아틀.

신은 알았다. 미미를 몸의 일부로 삼은 그 케찰코아틀이었다.

"아스나, 이 케찰코아틀은……."

말하려다가 망설이며 다른 말을 했다.

"아마 죽으러 왔을 거야."

케찰코아틀이 노래하기 시작했다.

이 세상의 것이라고는 생각할 수 없을 만큼 아름답고 기쁨과 슬픔이 뒤섞인 노래를.

"케찰코아틀은 죽기 전에 이렇게 모든 기억을 노래에 담아서 남겨. 노래는 형태를 바꿔서 어디까지나 전해져. 공기의 진동을 타고 퍼져서 모르는 사이에 우리 몸에도 어리게 되지. 그런 식으로 세계 어딘가에서 영원히 기억된다고 해."

노래.

이 여행의 발단이 되기도 한 그때 들은 '노래'는…….

"……내가 그때 들은 노래는."

아마도.

아스나는 그 노래가 슌이 이렇게 부른 노래가 아니었을까 하고 생각했다.

"신, 난 선생님한테 가야겠어."

"하지만 그 절벽은……."

"이 케찰코아틀이 데려다 주겠대!"

신기한 일이었다.

아스나는 그 케찰코아틀이 하는 말을 알 수 있을 것만 같았다.

신은 그 말을 믿었다.

이 케찰코아틀은 미미를 먹었으니까.

두 사람이 나란히 케찰코아틀 앞에 서자 케찰코아틀이 입을 크게 벌리며 두 사람을 삼켰다.

무섭지는 않았다.

이때 아스나는 태내 회귀라는 말을 몰랐지만, 오히려 엄마의 품속으로 돌아간 듯한 기분 좋은 안도감만 느껴졌다.

그리고 두 사람을 삼킨 케찰코아틀은 피니스 테라의 가장자리에 서서 천천히 몸을 던졌다.

케찰코아틀은 완전히 거꾸로 떨어져서 먼 거리를 내려온 후 비타 아쿠아 폭포에 파고들었다. 폭포 속에서 케찰코아틀의 몸은 비타 아쿠아에 녹아들었고, 아스나와 신은 서로의 손을 꼭 잡은 채 비타 아쿠아 폭포를 타고 내려갔다.

/////

이윽고 용소로 떨어진 두 사람은 비타 아쿠아 웅덩이, 케찰 코아틀의 무덤을 빠져나와 검은 구체의 앞에 이르렀다.

신과 아스나.

두 사람은 얼굴을 마주 보며 동시에 고개를 끄덕였다.

─가자.

검은 구체를 향해 발을 내밀었다.

그리고 모리사키와 마찬가지로 검은 구체 속으로 빨려 들어간 두 사람은 별이 가득한 초원에 도착했다.

"별이 뜬 하늘……."

"이게…… 별이라고?"

아스나의 말에 신이 질문했다.

"아스나?"

모리사키가 어딘지 체념한 듯한 한숨을 내쉬었다.

그 앞에는 엎드린 모습의 무수한 눈을 가진 어떤 존재가 있었다.

"아스나…… 네가 이곳에 나타나지 않기를 바랐다."

그 눈에서 눈물이 흘러넘치는 모습을 아스나는 잊을 수 없었다.

공중에 생긴 균열이 강렬한 빛을 내뿜었다.

그 빛은 아스나를 찔렀고, 아스나는 실이 끊어진 인형처럼 쓰러졌다.

"아스나!"

신이 다가와서 그 몸을 떠받쳤다.

"아스나······!"

아스나의 몸에서 비타 아쿠아가 스며 나왔다.

닦고 또 닦아도 비타 아쿠아가 넘쳐 나와서 곧 아스나의 몸을 완전히 감쌌다.

"죽은 자의 혼을 아스나의 몸에······!"

신은 분노해서 자신의 머리털이 곤두서는 것을 느꼈다.

"아크엔젤! 네 놈이 선택한 거냐!"

모리사키는 대답하지 않았다.

그저 천천히 두 사람 쪽으로 걸어왔다.

"아스나! 마음을 내주지 마! 돌아오지 못하게 돼!"

비타 아쿠아가 빛을 내뿜었다.

"아스나! 아스나!"

소리치는 신의 품 안에서 아스나가 몸을 천천히 일으켰다.

"추워······."

그렇게 말하며 자신의 몸을 끌어안았다.

그리고 말을 이어나갔다.

"어디에 있어요? 여보."

모리사키는 숨을 삼켰다.

"리사!"

모리사키가 달려갔을 때 샤쿠나 비마나의 눈이 다시 한번 깜박였고, 모리사키의 머리가 뒤쪽으로 끌려갔다.

그의 오른쪽 눈은 완전히 찌부러졌고 왼쪽 눈에서도 피가 흘러나왔다.

모리사키의 손에서 오르골이 굴러 떨어져서 꼬인 발에 밟혀 깨졌다.

모리사키는 등 뒤의 샤쿠나 비마나를 올려다보며 말했다.

"저 소녀만으로는 부족하다는 건가……!"

대가로서.

그 말에 '아스나'가 반응했다.

"여보……?"

"아스나!"

신의 말이 들리는 기색은 없었다.

아스나는 조용히 말을 계속했다.

평소의 아스나와는 다르게 조용하고 차분한 목소리로.

"여보, 거기에 있어요?"

"아스나, 정신 차려!"

신이 아무리 불러도 아스나는 반응하지 않았다.

신은 아스나를 땅에 눕힌 뒤 모리사키에게 달려갔고, 모리사키는 천천히 아스나에게 걸어왔다.

"아크엔젤! 아스나를 돌려줘!"

거기까지 말하고 신은 깨달았다.

"당신, 눈을⋯⋯."

"이미 늦었어. 대가를 치렀거든."

신의 옆을 지나서 모리사키는 걸어갔다.

"리사⋯⋯ 난 여기에 있어."

빨갛게 물들어 흐릿한 시야 속에 그토록 그리워하던 리사의 모습이 있었다.

리사는 그 가냘픈 팔을 뻗어서 모리사키의 뺨을 만졌다.

"여보⋯⋯ 어떻게 된 거에요? 나이가 좀 들어 보이네요."

모리사키는 흘러넘치는 눈물을 참을 수 없었다.

그 작은 손을 자신의 거친 양손으로 감쌌다.

"미안해⋯⋯ 리사."

두 사람의 뒤에서 신이 중얼거리며 말했다.

"안 돼⋯⋯ 아스나."

그리고 주위를 둘러보다 발견했다.

크라비스가 강렬한 빛을 내뿜었다.

"······저거구나!"

신이 달려들었다.

그 단도로.

크라비스를 형의 단도로 내리쳤다.

칼날이 맥없이 튕겨져 나오며 보이지 않는 힘이 신의 몸을 날려 버렸다.

그러나······.

신은 다시 한 번 크라비스에 덤벼들었다.

칼날을 꽂았다.

마구 찌르기를 반복했다.

보이지 않는 벽이 모조리 다 받아쳤다.

그래도, 그래도.

"아스나! 아스나!"

리사가 갑자기 신 쪽을 바라봤다.

"여보······ 나 저 애를 알아요. 왜 그럴까, 가슴이······."

모리사키는 그녀의 양어깨에 손을 얹고 다정하게 웃었다.

"리사, 당신은 여기에 있어. 곧 돌아올게."

그리고 주머니에서 나이프를 꺼내며 뒤돌아봤다.

신을 향해서.

"아스나!"

신은 크라비스에 칼날을 꽂았다.

계속 꽂아댔다.

"아스나! 아스나!"

결국에는 칼끝이 부러졌다.

그래도 형이 준 단도를 계속 내리찍던 신의 목에 모리사키가 칼을 들이댔다.

"이제 그만해. 리사에게는 죄가 없어."

신은 온몸으로 숨을 쉬며 몸부림을 쳐서 모리사키를 떼어 냈다.

"살아 있는 사람이 더 중요해!"

그렇게 외치며 크라비스에 단도를 꽂았다.

강렬한 빛이 뿜어졌다.

/////

그때 아스나는 누군가 부른 듯해서 뒤를 돌아봤다.

어딘지 차분한 방, 테이블 맞은편에 슌이 앉아 있었고 상냥한 미소를 띠었다.

"신이 부르고 있어……."

중얼거린 순간 미미가 아스나의 어깨에 올라타서 목 주위를 한 바퀴 빙글 돌더니 테이블로 뛰어내렸다. 그리고 슌 앞에 얌전히 앉았다.

슌은 부드럽게 말했다.

"……돌아가는 거지, 아스나?"

아스나는 고개를 끄덕였다.

"……응. 안녕."

/////

신이 내리찍은 단도가 결국 크라비스를 쪼갰다.

"!"

모리사키가 튕겨 나가 듯이 리사를 돌아봤다.

리사는 힘없이 휘청거렸다.

"……리사!"

다가간 모리사키가 리사의 몸을 받아냈다.

"리사!"

모리사키의 무릎 위에 쓰러진 리사가 손을 뻗어서 모리사키의 뺨을 만졌다.

"미안해요, 여보."

사과할 일 따위…….

"지켜 주지 못해서."

없다고 했는데…….

리사의 몸에서 비타 아쿠아가 흘러나왔다.

"리사! 가지 마! 리사!"

비타 아쿠아는 가차 없이 리사의 온몸을 다 덮었다.

"사랑해! 사랑해! ……사랑했어!"

리사는 곤란한 듯이 웃었다.

그리고…….

"행복해요."

마지막으로 그 말을 남기고 눈을 감았다.

그 순간 비타 아쿠아가 터져 나왔고, 아스나의 몸만 남았다.

쓰러져 우는 모리사키의 뒤에서 샤쿠나 비마나는 다시 한 번 배의 형태로 모습을 바꿨다.

신은 깊은 한숨을 쉬었다. 온몸의 힘이 다 빠져서 땅에 무릎을 대고 앞머리를 쓸어 올렸다.

"……죽여라."

모리사키는 눈물 섞인 목소리로 말했다.

"제발 죽여줘."

그러나 신은 고개를 가로저었다.

"형의 목소리가 들렸어."

그것은 이곳이 '생사의 문' 안이기 때문이었을까?

"상실을 안고 계속 살아가라고."

하늘은 어느샌가 파랗게 밝아 있었다.

그 구름 사이로 샤쿠나 비마나가 날아갔다.

"그게 인간에게 내려진 저주야."

모리사키의 눈물을 뺨으로 받으며 아스나가 천천히 눈을 떴다.

"하지만 분명히."

신의 말을 뒤로하며 아스나는 모리사키를 살며시 껴안았다.

"그것은 축복이기도 해."

그 모습을 바라보며 신은 말했다.

"아스나…… 나와 만나 줘서 정말 고마워."

제
13
화

Children who chase
lost voices
from deep below

세 사람은 '사이의 바다' 앞으로 돌아왔다.

비타 아쿠아 샘 앞에서 모리사키와 신과 아스나는 마주했다.

"아크엔젤, 당신은 어쩔 거지?"

신의 말에 모리사키가 조용히 고개를 저었다.

"그 이름은 그만 불러. 난 아크엔젤을 배신한 몸이다. 이젠 지상에 돌아갈 곳도 없어."

"선생님, 그럼."

말하려던 아스나에게 모리사키가 고개를 끄덕였다.

"난 아가르타에 남겠다. 아직 포기한 게 아니야. 이 세계의 어딘가에 리사를 되살릴 수 있는 방법이 또 있을지 몰라. 그것을 찾기 위한 여행을 떠날 거다."

그 말에서 확고한 의지가 느껴져 아스나도 신도 아무 말도 할 수 없었다. 모리사키는 다음에 또 대가를 요구하더라도 그 것을 지불할 생각인 모양이었다. ……어쩌면 그것은 신이 말한 '인간에게 내려진 저주이자 축복이기도 한 것'에 대한 도전일 수도 있었다.

"신은 어떻게 할 거야?"

아스나가 물었다.

"난……."

신은 조금 망설인 듯했다.

"카난 마을로 돌아갈 수는 없어……. 아모로트 마을과의 관계가 나빠질 테니까."

"그럼 말이야."

아스나는 말을 하려다가, 멈췄다.

지상의 공기는 아가르타인에게는 독이었다. 그래서 신을 지상으로 데려갈 수 없다.

신은 고개를 끄덕였다.

"아크엔…… 아니 모리사키와 같이 갈 거야. 사람을 되살리는 일이 옳은지 그른지 알 수 없지만 그 해답도 여행하는 도중에 찾을 수 있지 않을까?"

"……그렇겠지."

아스나는 비타 아쿠아 샘과 마주했다.

"그럼……."

안녕, 그만 갈게, 잘 지내라는 말도 이 상황에는 맞지 않는 기분이 들었다.

"또 만나."

그 말을 듣고 신이 웃었다.

"언젠가 또 만나자, 아스나."

"······가자."

모리사키가 그렇게 말하고 신을 재촉했다.

떠나는 두 사람을 지켜보다가 아스나는 비타 아쿠아의 샘에 뛰어들었다······.

아스나는 지상 세계로 돌아갔다.

/////

그 후로 약 6개월이 지났다.

/////

"아스나ㅡ, 졸업식 늦겠다."

"네ㅡ."

오늘은 미조노후치 초등학교 졸업식이었다.

아직 익숙하지 않은 중학교 교복을 입은 아스나가 현관 쪽으로 뛰어갔다.

"그럼, 다녀오겠습니다."

"잘 다녀와."

엄마의 목소리에 응, 하고 고개를 끄덕이며 아스나는 돌담 언덕길을 내려갔다.

그때는 큰일이 벌어졌었다.

어쨌든 아스나는 한 달 넘게 아가르타에 머물렀으므로 당연히 수색영장이 나왔다. 동시에 모리사키도 행방불명이 된 것이 불행이었다고 해야 할지 '그 두 사람이 사랑의 도피를 했다'는 소문이 돌았다고 한다. 좁은 마을이니 필연적인 결과였다.

엄마는 집에 돌아온 아스나를 혼내지 않았다. 그저 다행이라며 우는 엄마를 보고 아스나는 미안해서 어쩔 줄 몰랐다.

경찰에서 모리사키에 대해 물었지만 끝까지 모른다고 우겼다. 자신이 어디에 갔었는지 역시 솔직하게 말해도 들어줄 리 없으므로 아무 말도 하지 않았다.

그 후 아스나는 아가르타의 일을 종종 떠올리기는 했지만, 지금은 어쩌면 그 일이 꿈이었을지도 모른다고 생각하게 되었다.

그것은 시간의 흐름, 아니면 성장이라는 것이 아닐까?

"아, 아스나. 좋은 아침이야."

"안녕, 유우."

때마침 만난 유우에게 아스나는 웃으며 인사했다. 그리고 아무렇지 않게, 마치 날씨 이야기라도 하듯이 말했다.

"드디어 졸업이구나."

"응…… 난 울까 봐 불안해."

"괜찮아. 나도 분명히 울걸?"

두 사람은 깔깔대며 웃었다.

하늘은 파랗고 바람은 차고 공기는 아름답고 맑았으며 초봄의 향기가 느껴졌다.

초등학교를 졸업하고 중학생이 된다.

사춘기에 접어드는 아이들에게는 큰 고비 중 하나였다.

미조노후치 중학교는 각 학년에 세 반뿐이지만 선생님은 더 많았다. 초등학교처럼 한 선생님이 모든 과목을 가르치는 것이 아니라 과목마다 다른 선생님이 수업을 한다. 초등학교 때보다 공부가 더 어려워질 것이 분명했다.

그것이 조금 불안하기도 하고 기대되기도 했다.

아스나와 유우는 시시한 옛날이야기로 꽃을 피우며 벚꽃이 흩날리는 길을 걸어갔다.

이 길을 미조노후치 초등학교의 통학로로 사용하는 것은 오늘이 마지막이다.

그 생각에 조금 감상에 잠겼다⋯⋯고는 해도 중학교에 올라간 후에도 이 길을 통학로로 사용하게 될 것이다.

익숙한 언덕길을 내려가서 이름뿐인 상점가를 지나 건널목 앞에 도착했다.

그 후로 기차 운행 횟수가 조금 늘어났다. 전에는 당연하다는 듯이 열려 있던 건널목이 아침 이 시간에 꽤 자주 닫혀 있을 때가 있다. 미조노후치는 '닫힌 마을'이었지만 조금씩 달라지는 것일 수 있다. 이런 식으로 기차 수가 늘어나면 통근이나 통학에도 이용할 수 있다. 머지않아 아스나가 고등학교에 다닐 무렵에는 어쩌면 미조노후치 밖에 있는 고등학교에 다닐 수 있을지도 모른다.

기차가 눈앞을 지나갔다.

아스나는 문득 기차가 오는 방향을 바라봤다.

올려다보니 오부치산이 눈에 들어왔다.

—그러고 보니 고원에 한동안 안 갔었구나.

아스나는 그렇게 생각하며 다음 순간 숨을 삼켰다.

고원 위에서 파란 빛이 반짝이는 듯한 기분이 들었다.

—……어쩌면.

확실하지 않을 수도 있다.

아스나는 그렇게 생각하며 결심했다.

오늘 졸업식이 끝나면 오부치의 고원에 오랜만에 가 보자.

어쩌면, 그곳에…….

작가 후기

Children who chase
lost voices
from deep below

안녕하세요, 잘 지내시죠? 아키사카 아사히입니다.

감독, 각본, 작화에서부터 연출까지 혼자 힘으로 해낸 대단한 영화가 있다고.

저는 「별의 목소리」에 대한 평판을 통해 신카이 마코토 감독님을 처음 알게 되었습니다.

당시 학생이던 제가 그저 감탄만 했던 것이 바로 얼마 전 일 같습니다.

그런 신카이 감독님의 작품을 소설로 써 보지 않겠냐고 권유받았을 때 그 자리에서 "하겠습니다!"라고 대답했지만, 전화를 끊자마자 '……내가 정말로 할 수 있을까? 그런 대단한 신카이 감독님 작품인데?'하고 자문했던 기억이 납니다.

그 후 어찌어찌 해서 여기에 이렇게 「별을 쫓는 아이」 소설판이 책으로 나왔습니다. 이제 여러분이 이 책을 읽어 주시면 작품은 완성됩니다.

항상 그렇듯이 감사 인사를 드리고 싶습니다.

처음 구상을 할 때 작품 속 모리사키에게 관심이 많이 가서, '모리사키가 주인공인 스토리를 쓰고 싶다'고 말을 꺼냈었죠. 그런 저에게 담당 편집자인 O씨와 T씨가 제동을 걸어 준 덕분에(웃음) 아스나에게 소설 주인공으로서의 새로운 숨결을 불어넣을 수 있었습니다.

또 물론 '자신의 작품이라고 생각하고 마음대로 하세요'라고 말씀해 주신 신카이 마코토 감독님을 빼놓을 수 없죠. 다음 작품의 소문도 들려오는데 기대할 뿐입니다.

마지막으로 독자 여러분.

지금 후기를 읽고 있는 당신에게.

고맙습니다. 부디 당신에게 축복이 함께하길.

그럼 다시 만날 날을 기대하겠습니다.

2012년 8월 어느 좋은 날,

아키사카 아사히 올림

(이 작품은 2012년 8월에 간행된 작품에 가필 수정한 것입니다.)

별을 쫓는 아이

Children who chase lost voices from deep below

2020년 5월 15일 1판 1쇄 인쇄 | 2022년 1월 25일 1판 4쇄 발행

원작 신카이 마코토 | **지은이** 아키사카 아사히 | **옮긴이** 박재영 | **발행인** 정욱 | **편집인** 황민호
콘텐츠4사업본부장 박정훈 | **편집기획** 김순란 강경양 | **디자인** 어나더페이퍼
마케팅 조안나 이유진 이수정 | **국제판권** 이주은 김준혜 | **제작** 심상운 최택순
발행처 대원씨아이(주) | **주소** 서울특별시 용산구 한강로 3가 40-456
전화 (02)2071-2018 | **팩스** (02)749-2105 | **등록** 제3-563호 | **등록일자** 1992년 5월 11일

www.dwci.co.kr

ISBN 979-11-362-3440-7 (03830)